世界科幻大师丛书
主编：姚海军

[日]乾绿郎 著——

机巧伊武

田田 译

四川科学技术出版社

图书在版编目（CIP）数据

机巧伊武 /〔日〕乾绿郎　著；田田　翻译 . -- 2 版
-- 成都：四川科学技术出版社，2021.10
（世界科幻大师丛书 / 姚海军　主编）
ISBN 978-7-5727-0339-3

Ⅰ . ①机… Ⅱ . ①乾… ②田… Ⅲ . ①幻想小说—日本—现代 Ⅳ . ① I313.45

中国版本图书馆 CIP 数据核字（2021）第 212121 号

图进字 21-2021-345 号

世界科幻大师丛书

机巧伊武

出 品 人	程佳月
丛书主编	姚海军
著　　者	〔日〕乾绿郎
译　　者	田　田
责任编辑	宋　齐　姚海军
特邀编辑	贾雨桐
封面绘画	芝　柿
封面设计	杨　岚
版面设计	杨　岚
责任出版	欧晓春
出版发行	四川科学技术出版社
	四川省成都市槐树街 2 号 出版大厦　邮政编码：610031
成品尺寸	140mm×203mm
印　　张	9.75
字　　数	174 千
插　　页	2
印　　刷	成都市金雅迪彩色印刷有限公司
版　　次	2021 年 11 月成都第一版
印　　次	2021 年 11 月成都第一次印刷
定　　价	45.00 元

ISBN 978-7-5727-0339-3

目录

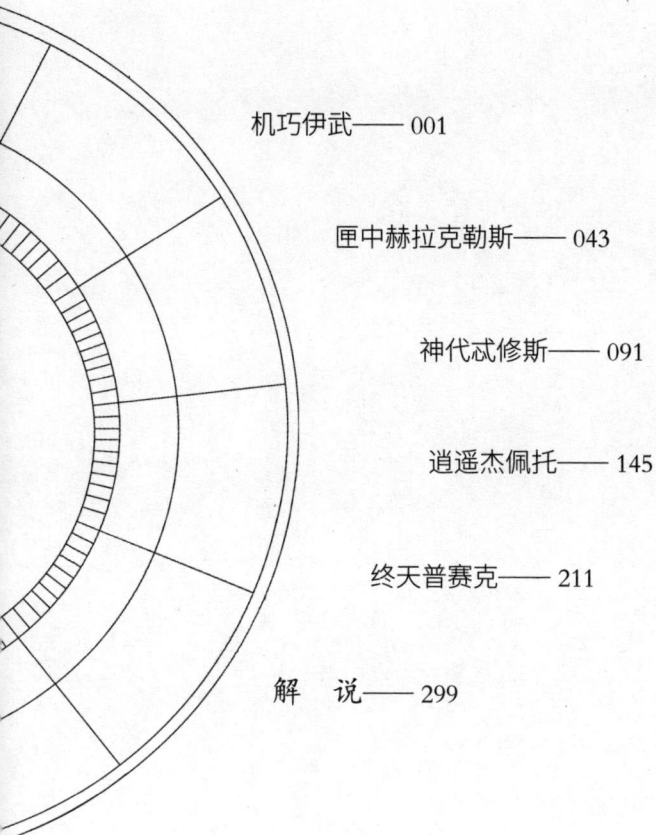

机巧伊武

一

推开后院的木门，一条阴暗的小道直通典幻大街。

小道两旁，腌着醋姜的瓦罐在竹屉上垒了几层，散发出阵阵酸臭。

江川仁左卫门被两侧房屋的百叶窗扇挤在正中，梦游似的在仅够一人通行的巷道里徘徊。

事情怎么会变成这样？怎么会……

他靠在路边的瓦罐堆上，气喘吁吁地凝视着自己的手掌。

手肘以下全部沾满了血。

他伸出舌头舔舔那血——微咸，有股铁锈的味道，而且还带着余温。

这与他听说的完全不符。因为他既没闻到机油的臭味，也没看到水银的光泽。

那是赤黑色的人血。

被骗了！

仁左卫门怒火中烧，喘着粗气。一股酸臭涌入鼻腔，让怒意变得愈加浓烈。

他握紧腰间那把二尺三寸刀的刀柄，将刀身推离鲤口①，从鞘中抽出了一半。

方才忘记擦血就慌忙收刀，刀刃此刻也同他的双手一样，沾满了赤黑色的人血。他刚刚用它砍死了人，不过所幸，刀还没有卷刃。

混账骗子，我现在就去杀了你！

仁左卫门重新将刀收回鞘中，向典幻大街走去。

钉宫久藏——

这一年内发生的种种事情，在仁左卫门的脑海里一一浮现。

二

"是南国的鸟啊……"仁左卫门不禁感叹。

---

① 即刀鞘的口。为防止刀意外出鞘，刀在收入刀鞘时由一个金属部件卡在刀鞘中，稍用力才能将刀拔出。因此在拔刀前通常需要预先将刀略微推出鲤口，若直接拔刀可能会将手割伤。

饰有螺钿的黑漆木箱高约四尺，箱顶穿出了一根实木栖杆。一只五彩斑斓的大鸟被爪枷和细锁链拴在上面。

"这是金刚鹦鹉？真稀奇！我还是头一回见。"

大鸟背呈琉璃色[1]，腹呈艳山吹[2]。此刻它正打呵欠般张着漆黑的喙，伸展开全身的羽毛，挺胸展翅，翼展足有四五尺。

"是吗？"

站在一旁的老者剥开手中的金橘，掰下一瓣拿到鸟喙边。只见金刚鹦鹉一口咬住那瓣金橘，前后伸缩脑袋，心满意足地将其吞入了腹中。

幕府精炼方技师，钉宫久藏。

他已经年近六旬了吧？让仁左卫门诧异的是，久藏的打扮与其说是技师，倒不如说更像一个小吏。他身着蓝染[3]小袖[4]，外披一件绉绸羽织[5]，虽然身份应该是武士，但却没有佩刀。

正如其名所示，"精炼方"原本是负责铜铁等金属冶炼的幕府机关。但自从开始研制大功率反射炉[6]之后，该机关也开始对

---

① 日本传统色名，近似深蓝色。

② 日本传统色名，近似金黄色。

③ 一种用雕镂有纹饰的木板夹住织物在蓝色染液中浸染的印染工艺。

④ 现代和服的原形，定型于江户时代，袖子比现代的和服要小。

⑤ 日本服装的一种。可防寒，也被用作礼服，穿着在长着、小袖的外面。

⑥ 一种用火焰直接加热炉料以熔炼金属的冶金炉。

由此派生出的舍密①、电气和机巧技艺展开了全方位的研究。

钉宫久藏的宅邸远离天府城，与各藩大名的下藩邸②一河相隔。虽说地处偏僻，但那宅邸之大却与他"技师"的身份完全不符。

高围墙内建着一栋主宅，主宅外还有一幢更大的别邸。据说，钉宫久藏是独自一人住在这座宽阔的宅邸里。

久藏带仁左卫门来到一个铺着木地板的隔间，让他在隔间正中的长凳上落座。结实的木凳上铺着一块用金、红、绿三色丝线绣满花纹的布，想必是舶来品。仁左卫门惴惴不安地环顾四周，发现这里有很多用途不明的古怪物件。

"找我所为何事？"久藏轻抚着金刚鹦鹉的头问道。

"我想要一个机巧人偶。"仁左卫门说着，轻握起膝上的双拳。

久藏听罢，一侧的细眉以微妙的角度向上挑起。"我不明白你的意思。"

"我不惜颜面恳求大人！前几日，我看见了一样非同寻常的机巧物件。人们都说，那东西只有钉宫久藏大人才能做得出来。我还听闻，如今已有机巧人偶秘密生活在城外……"

---

① 日本在幕末至明治初期对化学的旧称，来源于荷兰语 chemie 的音译。
② 江户时代大名的藩邸根据其与江户城的距离分为上、中、下三个等级。下藩邸指的是距离江户城（小说中为"天府城"）较远的藩邸，通常建在水边，多用作观景园林、仓库或别邸，规模通常比上藩邸和中藩邸要大。

"这么说,你是想求我做一个形似真人的机巧人偶?"久藏不屑地笑着问。

仁左卫门认真地点了点头。

"你凭什么认为传言是真的?"

"因为……"

面对冷漠的钉宫久藏,仁左卫门像是说错了话一样低下头去。

"随我来吧。"

久藏说罢,转身走出了隔间。仁左卫门慌忙起身,跟在他的身后。

两人离开主宅,在暮秋的夕照中沿着石板路向别邸走去。

久藏似乎无心打理院落,庭院中没有一花一木,只有一成不变的灰土平地。

别邸由泥墙砌就,形似仓库。四壁无窗,入口处有外门和防火门两道大门。

门是敞开的,一段宽阔的素土地对面,可以看到玄关、放鞋用的石头,以及厅堂里锃光瓦亮的地板。厅堂正中摆着一座和仁左卫门差不多高的大钟。钟的底座宛如一个倒扣的莲蓬,六角形的三层结构让人不禁想起城中的天守阁①。

———————————

① 日本城堡中最高、最主要、也最具代表性的部分,具有瞭望、指挥的功能,也是封建时代统御权力的象征之一。

"好比这个万岁钟……"

久藏把手放在大钟顶部的一块半球形玻璃上，一道幽微的绿光像是正从那里发出。向里一看，大钟的内部竟是一个天象仪！

"七曜①、十天干、十二地支、二十四节气，它都能指示出来。舶来钟只能指示固定的时刻，而此钟却能根据日出、日落时刻的不同，将每一日的时间均分为朝、暮各六等份，遇到闰日闰月也能自行调整。它内部的齿轮，大的直径足有一尺，小的只有婴儿的小指甲盖那么大。全部的齿轮加起来，有一万几千个吧。"

仁左卫门不可思议地看着万岁钟。它的外框施有精致的镂金雕刻，底座上陶瓷质的部分画着栩栩如生的四只神兽。

"只要每年上一次发条，此钟便能一直走动。不过，人体可比这种东西复杂多了。我去刑场观察过许多次人体解剖，用机巧制作人体可以说是至难无比。"

"但是久藏大人一定能……"

"先和我讲讲你为何想要机巧人偶吧。"久藏打断了仁左卫门的话。

"我想要长得像一个女人的机巧人偶。"

"哦？女人？"

_____

① 日、月与五大行星（金、木、水、火、土）的总称，可用以指示星期。

"她叫羽鸟,是个游女①。"

这时,万岁钟的暮钟敲响了,像是在回应仁左卫门的话。

三

"那是只药虫吧?"看着斗盆中被撕碎的蟋蟀,仁左卫门毫不客气地问。

"你敢怀疑我?!"坐在对面的男子面露愠色,手按腰间的刀柄站起身来。

天府城的大殿中正在举行将军御览的大斗蟋会,会场中的人们忽然骚动起来。

"我藩的'松风'一上来就咬了贵藩的蟋蟀数口,可贵藩的蟋蟀却纹丝不动。而后来,贵藩的蟋蟀又不停进攻已死的对手,这显然是药虫的特征。"仁左卫门看着激愤中的对手,平静地说。

所谓斗蟋,就是让雄蟋蟀厮斗角逐胜负的游戏。蟋蟀虽然鸣声清亮,但实则生性凶猛。而药虫,指的是用不正当手段饲养的蟋蟀。比如往蟋蟀的饲料和水里掺药使其兴奋,或是平时把昆虫厌恶的香油涂抹在蟋蟀体表使其适应,从而在比赛中靠香油的气味削弱对手的斗志等等。

---

① 即妓女。

在养盆里饲养蟋蟀并谨遵规则参加斗蟋会是武士们的一大爱好,而使用药虫则被视为最可耻的行为。

"仁左卫门,冷静一点!"

仁左卫门的上司——牛山藩留守居役[①]本想劝住他,却无济于事。

为了筛选出上等蟋蟀,仁左卫门从初春到夏末奔波于各地,收集了上千只蟋蟀。但凡牛山城外的村子中举办斗蟋会,他也都会出重金将获胜的蟋蟀买下。他花费了大量心血来调配饲料和水,一次又一次地让收集来的蟋蟀们厮斗。身经百战活到最后的,正是这只绰号"松风"的蟋蟀。

"就这么输了,我不甘心。"

"那就端碗水来!"对面的男子怒气冲冲地说。

若想知道一只蟋蟀是否为药虫,只需把它放入水中即可。若涂过香油,水面上就会浮起一层彩色的油膜。而若投喂过药物,当药扩散入水中后,蟋蟀就会变得极其虚弱。

一碗水被端上桌来,男子将他的蟋蟀投了进去。

仁左卫门、对手一方牟田藩的人以及幕府派来的斗蟋督察官和裁判官,都纷纷探头观察碗中的情形。

"奇怪,这不可能……"

---

① 负责与他藩之间交涉工作的官职。

"这回你还有什么可说的?!"

在大斗蟋会上被怀疑作弊,自然是奇耻大辱。对面的男子愤然起身,拔出了腰间的刀。与之同时,仁左卫门也拔出刀来。

然而,仁左卫门的刀并没有砍向对方,而是将桌上的水碗一刀劈为了两半。碗中的水全部洒在了红色的毛毡桌布上。

"你……"

对方才要惊呼,仁左卫门已经将刀收回了鞘中。

顿时,一旁围观的各藩人等全都握住刀柄准备起身,斗蟋督察官慌忙上前制止。

"等一下……"督察官说着托起了下巴,"这是机巧蟋蟀?"

几十个芝麻粒大小的微型齿轮散落在了湿透的毛毡上。

碗中的蟋蟀断为两截,暴露出弹簧的后腿还在轻轻抽动。

"我当时也只是想赌赌运气,万一那蟋蟀不是机巧……我现在想起来都后怕。"

羽鸟正在客房一角观察养盆中的蟋蟀,仁左卫门看着她,耸肩笑道。

幕府每年秋季召开的大斗蟋会上,各藩都会派人带着当年战力最强的蟋蟀前来参加。那是他们从上千只蟋蟀中遴选出来、花了大量钱财和时间饲养的。如果有人像仁左卫门这样将其一刀砍死，绝不会被轻饶，甚至可能被判处切腹或斩首。有一次，一位藩主不小心踩死了一只幕府秘藏的斗蟋，结果整个藩都惨遭改易①。

"为何男人都好看蟋蟀打架？相比之下，我更爱听它们鸣唱。"羽鸟歪着头笑道。

窗外一阵清风拂过，一声声如玉石滚动般温润的蟋鸣从养盆中传出。

仁左卫门一边饮酒，一边眺望十三阁窗外的河畔。忽然，他站起身来，走到羽鸟身边盘腿坐下。

养盆中的两只蟋蟀也正彼此依偎。

"这只怎么少了条腿？"羽鸟靠在仁左卫门的身上问。

"那只是雌的。"仁左卫门伸手搂住了羽鸟的肩。

斗蟋用的蟋蟀都是雄蟋蟀。

"斗蟋结束后，为了让兴奋的蟋蟀恢复镇静，通常会把雌蟋蟀放进养盆让它们交尾。"

"那它为何少了条腿？"

"不愿交尾的雌蟋蟀可能会在反抗中踢伤雄蟋蟀。为了避免这种事发生，通常会先扭断雌蟋蟀的一条后腿，让它变弱。"

"原来如此，真可怜……"

---

① 剥夺藩主一家的武士地位并没收封地。

羽鸟面带惆怅地凝视着养盆。不知是否有意，她把露在外面的脚尖缩回到了裙摆里，像是在躲避仁左卫门的视线。

仁左卫门知道，那只脚上缺了一根小趾①。

养盆中的雄蟋蟀并没有直接压在雌蟋蟀的身上，而是与它互碰着触角，发出了阵阵合鸣。这温馨的场景不禁让人想到相敬如宾的夫妻。但仁左卫门知道，为了交尾而失去后腿的雌蟋蟀不久就将迎来死亡。

不过话说回来，没想到那真的是机巧蟋蟀……

这种事前所未有，听说斗蟋会上那些牟田藩的人已经被抓捕起来，正在严加审讯。公然在幕府的大斗蟋会上使用机巧蟋蟀，这种行为比用药虫还要恶劣。让藩主切腹自尽已经算是轻刑了，说不好整个藩都要遭到改易。

仁左卫门扣上养盆的盖子，把它放进一个藤条编的笼子里，吊在通风良好的屋檐下。

作为戳穿对手把戏的赏赐，仁左卫门通过留守居役从藩主那里得到了代替"松风"的蟋蟀和它的养盆。

蟋蟀只能活一秋，但养盆却能伴人一生。藩主赏赐的养盆名贵至极，被仁左卫门这等人拿在手上实属糟践珍宝。

———

① 游女之间曾经有这样一个风俗：若自己看上了哪位客人，就将自己的小指从第一关节处切下，赠送给对方作为信物，以此表达自己坚定而深沉的爱（不过通常是切手指而不是脚趾）。

"你心里有人吧？"听着养盆中传出的蟋鸣，仁左卫门对倚在自己身上的羽鸟低语道。

"唔……"闭着眼睛的羽鸟忽然睁开了眼，看着仁左卫门。

若是卸去脂粉，她一定也有张清纯质朴的脸。

羽鸟从未在仁左卫门面前展露过素颜，就像她从未展露过内心深藏着的秘密一样。即便是笑，她也像是戴了张面具，笑得很不自然。

"把真相告诉我。"

"真相……指的是……"

"你把小脚趾送给了谁，我暂不追究。我只想知道你的心到底在何处。"

羽鸟像是在窥探仁左卫门的心思，直勾勾地盯着他的眼睛。

"他是什么样的男人？"

"那个人已经到远方去了。"

羽鸟像是在故意岔开话题。但从她的口气中，还是能感觉出她在挂念着仁左卫门之外的某个男人。

"我想要帮你赎身。"

"啊？可是……"

"钱的事不必担心，只要把那个养盆卖了，钱绰绰有余。"

仁左卫门用下巴指了指吊在屋檐下的养盆。

夜已深，十三阁的灯火把夜空照得亮如白昼，不知从何处传来阵阵说笑声和娇喘声。在这种地方，最安静的时候反而是白天。

帮羽鸟赎身的事，仁左卫门筹划已久。

摆在面前的困难有两个：

第一，是钱。高昂的赎身费是仁左卫门这种下等武士负担不起的。

第二，是羽鸟心里根本就没有仁左卫门。

仁左卫门想要帮羽鸟恢复自由身，然后让她去找那个她日思夜想的人。这样做未免有些太过窝囊，仁左卫门自己不会得到半点幸福。但若他真心希望羽鸟幸福，就应该选择放手，让她去自己想去的地方。

然而，这只是就理性而言。仁左卫门当然想要将羽鸟据为己有，赶走她心里的那个男人，让她的身和心都归属于自己。

这两个矛盾的想法折磨了他很长时间。

这日，他突然想到了一个两全其美的办法。

"我要去找那个做机巧蟋蟀的人。"

"什么？"

"我已经有线索了。听说除了钉宫久藏，没人能做出那么精巧的东西。"

幕府精炼方技师、机巧技师钉宫久藏——这个名字是仁左卫门在斗蟋会一事发生后,从众人口中听来的。

虽然只是一介技师,但钉宫久藏的宅邸却比他上级官吏的住处还要大。幕府究竟优待他到何等地步,一直是个谜。

仁左卫门此前并不认识久藏,只听说此人擅制机巧,只要出钱,他便什么都做得出来。

"仁左大人,还是算了吧。"

羽鸟不安地看着仁左卫门。

"你也知道钉宫久藏?"

羽鸟犹豫了一阵,轻轻点头道:"只是听过传言……"

四

"这就是你来找我的原因?"听了仁左卫门的话,钉宫久藏不屑地笑了笑,"为了帮那个叫羽鸟的女人赎身,你竟敢擅自卖掉藩主赏赐的养盆!可你最后还是要把她放走,只留一个长得和她一样的机巧人偶聊以自慰,是这样吗?"

这个决定完全出于一时冲动。事到如今,仁左卫门才觉出自己的轻率,忸怩地点了点头。

两人回到金刚鹦鹉所在的主宅,仁左卫门将带来的养盆取出,打开了裹着它的几层绒布。

"啊,这是……"

久藏两眼放光,捧起养盆,细细端详那陶瓷表面的龙纹。

打开盖子后,他咧嘴一笑,"只有一条腿的那只是雌的吧?"

仁左卫门点了点头。

"它被咬死了。"

仁左卫门往里一看,只见先前那只雌蟋蟀已经身首异处,横尸在养盆一角,如同尘埃。雄蟋蟀则正待在水盘边上,一边开合着翅膀,一边若无其事地饮水。

"这东西卖的钱,用来为游女赎身外加做一个机巧人偶都还能剩下不少。你找到买家了吗?"

仁左卫门摇了摇头。那个养盆是极名贵的珍宝,若让它流通于市面,迟早会引起注意。要是让别人知道自己把藩主赏赐的养盆拿来卖钱,那麻烦可就大了。

藩主家的蟋蟀通常会比市面上的蟋蟀要强很多,把那只雄蟋蟀卖到赌坊也能大赚一笔。况且蟋蟀活不过冬天,要卖就必须趁现在。然而,仁左卫门却不知道该拿到何处去卖。

"不如把它们送给我吧?我可以再为你仿造一个一模一样的养盆,这样你也就不必有所顾虑了。"

"大人的意思是说……您答应了?"

"你信不过我?"

"您此前……做过机巧人偶吗？"

"做过。"钉宫久藏自信满满地点头道。

"能做得有多像？我想看看成品。"

"万物皆有灵，东西用久了多少会产生出些意识，像人的东西更是如此。"

"您是说机巧人偶有灵魂？"

"究竟什么是灵魂？"钉宫久藏反问道，"人的毛发、皮肤乃至五脏六腑，我都能用机巧仿制出来。虽然操作上比做万岁钟要复杂得多，但并非做不出来。人，和与人一模一样却又不是人的东西，这两者之间到底有何分别，我倒是想要问问你。"

说着，他向前探出头去，看向仁左卫门的眼眸深处。

"即便是我，也无法参透人心。倘若有一个完美无缺的机巧人偶，言行举止和真人别无二致，会哭、会笑，看上去有着丰富的内心世界，那么这个人偶究竟是真的生出了人的情感，还是仅仅在靠弹簧、发条和齿轮在模拟情感？遗憾的是，就算近在咫尺地观察，我也仍然无法判断。这个问题真的很玄妙。"

"别卖关子了。您说您能做出和真人极相像的机巧人偶，我想看看确凿的证据。"

"也好，既然如此，我就让你看看它的内部。"钉宫久藏把目光投向正在角落里打理羽毛的金刚鹦鹉。

"你过来。"久藏来到栖杆旁，向仁左卫门招了招手。随后，他一把掐住了鹦鹉的脖子，鹦鹉张开翅膀扑腾起来。

"休要乱动！"

"难道……"

钉宫久藏用手指在金刚鹦鹉的胸口处按了一下，只见鹦鹉一阵抽搐，旋即便像死了一样不动弹了。

久藏取下鹦鹉的爪枷，一个由无数细如发丝的钢丝组成的钢丝簇露了出来。原来，爪枷上的锁链是中空的，里面的钢丝精巧地缠绕联结，与栖杆之下的木箱相连通。

"它也是机巧做的啊！"仁左卫门低声惊叹。

"正是。虽然外面插的是真羽毛，但里面全都是发条和齿轮。"

久藏把一动不动的金刚鹦鹉递了过来。

仁左卫门伸手接过鹦鹉。虽然很重，但手感却比想象中的柔软许多。羽毛之下的皮肤带着温热，隐约能感觉到里面的骨骼。

久藏从抽屉里拿出一把大剪，把金刚鹦鹉的皮肤沿着轴线剪开。

由于场面太过残忍，仁左卫门很想别过脸去。乌黑的液体从艳山吹色的羽毛间流了出来。初看时以为是血，但空气中的机油味和指尖传来的滑腻触感告诉他：那不是血。

金刚鹦鹉被从喉咙到尾椎剖开了一道口子，久藏将它腹部的表皮向两侧撑开。鹦鹉胸廓处的肋骨由精心打磨过的金属制成，光泽细腻，形状逼真。再向内，则是一组密密麻麻的齿轮。

完全剥去鹦鹉的表皮后，能看到从肩胛骨到翅膀的金属骨骼上，覆盖着细钢丝簇组成的纤维。那些纤维顺着骨骼的走向汇成一股，形成肌腱，又从骨骼上的孔洞中穿过，与胸廓内的齿轮相连。在这些部件之间，致密地缠绕着无数纤细的软管。

"重心的转换，可以通过细管中的水银流动来实现。发条是自动上弦的。"

仁左卫门眯起双眼，透过肋骨的缝隙向里看。

本应是心脏的位置上有一个圆盘状的部件。半圆形的摆锤左右振荡，带动擒纵轮旋转，轮齿撞击到叉瓦后又反向旋回，如此循环往复。

"一开始上好弦之后，只要这个机巧还在动，即使什么都不做，它也能自动上弦。"

仁左卫门看得呆了。他像在做梦一样看着手上金刚鹦鹉的腹腔，一言不发地听着久藏的话。

"这是我年轻时的作品。除了金刚鹦鹉本身，它下方的那个木箱里也设有机关。总之，从精细程度上来讲，它最多只能算是个玩具。"

背后传来了隔门拉开的声音。仁左卫门转身看去，只见一个十七八岁的少女正跪坐在门外，身上穿着色泽华美的小袖。

"她是……"

"小女伊武。"少女低头道。

仁左卫门吃惊地看向久藏。"是久藏大人的女儿？我之前听说您是一个人生活……"

"没错，我是一个人生活。"

这句回答就等于道出了真相。自称伊武的少女微微抬头，用半睁的惺忪睡眼仰视着仁左卫门。

"从头做起需要花费很长时间。我就以伊武的身体为原型，为你做一个机巧人偶吧。"久藏用极为平常的口吻说，"首先，我需要知道那个叫羽鸟的游女是何种体型，做一个她的模子。我好久没去过十三阁了，一应花销就拜托你喽！"

久藏的话音里带着几分窃喜。

五

羽鸟一丝不挂地躺在褥垫上。

钉宫久藏满是皱纹的手滑过她白嫩的肌肤，她眉心一紧，不觉短叹一声。

端坐一旁的仁左卫门握紧了膝上的双拳。

自打一进门，久藏就用各种稀奇古怪的工具测量起了羽鸟身体各个部位的尺寸。备好的酒菜他一口未动。

他足足做了几十页的记录，无法用图和文字去表示的地方，他便以要用手感觉为由，把羽鸟的全身上下乃至阴部也摸了个遍。

在一旁看着的仁左卫门心急如焚，但事已至此，他也只能咬牙忍耐。

羽鸟不时用嗔怪的泪目看向仁左卫门。话语虽未出口，但那眼神分明是在责问：为何如此对我？

仁左卫门避开羽鸟的目光，只管喝侍女斟来的酒。羽鸟的侍女名叫小堺，她看看遭受凌辱的羽鸟，又看看满脸愤懑却不出手阻止的仁左卫门，对发生的一切茫然不解。

仁左卫门还没有把做机巧人偶的事告诉羽鸟。

钉宫久藏三天两头地让仁左卫门带他去十三阁。有时，他会命令羽鸟从最基础的发音开始，说成百上千句毫无意义的话直到声音嘶哑；有时，他会用带来的油纸包走一些羽鸟的头发、阴毛或唾液作为样本；还有时，他会让羽鸟咬住一块类似黏土的东西，以此来获取她的齿形。

测量工作本可一次完成，但久藏却故意仗着有仁左卫门出钱，频繁去十三阁寻欢作乐。即便是很简单的测量，他也会在完成后胡吃海喝一番，再找个游女一直嬉戏到天亮。

就在仁左卫门快要忍无可忍的时候，久藏忽然说准备工作已经完成，随后便消失了踪迹。

"很快，我就能帮你赎身了。"

缠绵过后，仁左卫门亲吻着羽鸟那香汗津津的脖颈说。

两人已经很久没有如此缠绵过了。看着羽鸟隐忍地满足了久藏那些近乎凌辱的无理要求，仁左卫门心痛不已，实难提起兴致。这几日，他们即便睡在一起也不过是整夜并肩而眠。

一段时间后，坊间开始出现传言，说有人在市集上看到了藩主赏赐给仁左卫门的养盆。与此同时，仁左卫门也收到了久藏为他仿制的养盆。

假养盆做得与真品别无二致。对于能做出机巧人偶的钉宫久藏来说，仿制一个没有生命的陶盆，想必是轻而易举。

自那之后，仁左卫门便不再心存顾虑，一心只盼钉宫久藏的机巧人偶能够尽快完工。

仁左卫门已经和十三阁的老鸨打好了招呼。赎身费虽然昂贵，但卖养盆换来的钱足以将其付清——人命还没有一个装虫子的陶盆值钱，这也实属讽刺。

"你好像不太高兴？"仁左卫门看着面色阴郁的羽鸟说，"你放心,赎身之后我不会娶你做妾。你可以去找你想见的那个人。"

仁左卫门说出了自己的决定,羽鸟睁大双眼注视着他。

"可是,赎身需要很多钱……"

"钱的事你就别管了,我只想让你幸福。"

此前,仁左卫门曾听过有游女被自己不爱的男子赎身,结果在与情人私奔殉情的途中惨遭杀害的传闻。而出重金为游女赎身,再将她放走去找自己所爱之人这种大公无私的奇事,他却还从未听过。羽鸟似乎也一时难以相信,露出了困惑的神情。

若非产生了做机巧人偶这种大胆的想法,仁左卫门也下不了这个决心。

"我不会幸福的。"

羽鸟轻声说着,耳朵紧贴仁左卫门的胸膛,合眼静听他的心跳。

"别这么说。你若不介意,我倒想听听你心中的那个男子是何等人物。"

"真的吗?"

"和我说说吧。"

"他是个乡下武士,我刚来这里时便与他结识了。"

"哦?"

"那时，带我的一位游女姐姐被某藩的城使招到扬屋①嬉戏——城使是姐姐的老主顾了——而我则去服侍城使的随从武士。那个武士刚从乡下进城，还不太懂十三阁的规矩，当晚我们并没有同房。当时真是天真无邪啊……"

仁左卫门合上双眼，想象着当时的情景。

"那位武士一直在讲他家乡的事，还说也想听我讲。我七岁就被卖到十三阁当秃童②，家乡的事早就忘得差不多了。我只记得那是在海边，海滩上长着黑松树。我说，真希望自己能从十三阁走出去，再看看那片长着黑松的海滩。他听后竟然为我凄凉的身世流下了眼泪。"

"是吗……"

与其说是嫉妒，仁左卫门的心情更接近不甘。为何先与羽鸟相遇的人不是自己？

"仁左大人。"

仁左卫门这才发现，自己的襟口已经被羽鸟的泪水浸湿了。

"您若真的有心，还是不要管我了。"

"你害怕了？"

据说，这些从小未迈出过青楼一步的游女，一旦赎身之日真

---

① 供客人将上级游女招来游玩的店。与此相对，游女们居住的地方则被称为"置屋"。

② 侍奉上级游女、为将来自己成为游女而做修行的少女。

的到来，反倒会恐惧起来。青楼的生活虽然拘束，可一旦要发生改变，女子们就又会对它心生依赖。

然而，事到如今已经不能反悔了。

仁左卫门本以为羽鸟会高兴，但羽鸟的反应却着实让他摸不着头脑。

各藩的下藩邸和商铺林立在典幻大街两旁，沿着大街一路向西，走入莲根稻荷神社旁的小径，便能望见牛山藩的下藩邸。

仁左卫门自三年多前跟随城使来到天府，便一直生活在下藩邸的用人房里。他要为十三阁小有名气的游女羽鸟赎身的消息传出后，身边的人们都纷纷为之一惊。

仁左卫门在牛山藩有个妻子，但他早已与妻子分居两地，如今在下藩邸外另赁了一间妾房。那间妾房十分狭小，房后便是一家卖腌菜的小铺。虽说不时飘来的醋姜酸臭有些令人作呕，但总体还算说得过去。

把羽鸟带出十三阁的那日，他们恋恋不舍地缠绵了最后一晚。翌日，仁左卫门便为羽鸟备好盘缠，准备送她回乡。

"真想和你一起在长着黑松的海边散步啊。"仁左卫门说道。羽鸟沉默不语，只是无奈地笑了笑。该和她一起散步的，是那个仁左卫门素不相识的、让她日思夜想的男人。

十余日后，一度音讯全无的钉宫久藏终于寄来了信。

做和羽鸟一模一样的机巧人偶会不会太难了？仁左卫门一直都在焦灼地等待。得到消息后，他二话不说冲出房门，朝着河对岸那座数月前拜访过一次的钉宫邸赶去。

屋外阴雨绵绵，仁左卫门撑着伞，不自觉地加快了脚步。虽然雨势并不见增，但落下的每一颗雨滴都大如点豆，在路面上击起无数涟漪。

钉宫邸的大门敞开着，仿佛预料到了有人来访。仁左卫门穿门而入。

主宅门外，一个身穿红色小袖的女子撑伞侍立。

看到她的瞬间，仁左卫门的伞从手中无声滑落。

女子款款走到呆立的仁左卫门身前，弯腰将像陀螺一样翻倒在地的雨伞拾起。

"都淋湿了。"

她将伞递给仁左卫门。

冰凉的雨水打在仁左卫门的额头，滑过他的脸颊，从下颌滴落。

"羽鸟，你怎么在这里？"仁左卫门顾不得接伞，呼着白色的呵气问。

"我不是羽鸟。"女子扬起一侧的嘴角笑道，"我们之前有过一面之缘。"

"怎么会?!"

"我是伊武。"

为了不让仁左卫门淋湿,伊武踮起脚尖为他撑着伞。仁左卫门借机一把将伊武搂入怀中,像是在确认她是否真的有血有肉。

"啊……"

伊武短促地惊叫一声,手中的两把雨伞纷纷掉落。

一阵风吹过,两把伞在空旷的庭院中不停地旋转。

抱着伊武那纤细的身体时,仁左卫门在她胸部紧实的隆起下感觉到了肋骨的存在——这感觉和触摸金刚鹦鹉时一模一样。她的身体带着温热,不知是否是错觉,她的胸腔里好像真的有什么东西在跳动。

若机巧人偶没有生命,那么究竟何为生命?这个问题始终困扰着仁左卫门。

寄居在人形之下的生命,究竟来自何处?

六

仁左卫门又一次站在了钉宫邸门前。

宅邸的大门一如既往地敞开,似乎正在等候着他的到来。

虽说地处人烟稀少的城郊,但小心起见,仁左卫门还是事先观察了一圈才走进门去。他拔出腰间的刀,沿着石板路径直奔向主宅。

主宅玄关处的木门闩被仁左卫门一脚蹬断,门板也被他乘着怒气连踹几脚,从门框上脱落下来,倒进了屋里。

"钉宫久藏,你给我出来!"

仁左卫门对着昏暗的室内大喊,却无人应答。

于是,他穿着鞋直接闯进屋中去寻找久藏。

他把一扇扇隔门顺次踢倒,又用刀狠狠地在上面捅了又捅。

突然,一声高亢的鸟鸣传来,仁左卫门心中一惊,慌忙转头看去。

一个灯火通明的隔间里,饰有螺钿的黑漆木箱上伸出了栖杆,金刚鹦鹉正大展双翅站在上面。它恐吓般地前倾身体,乌黑的鸟喙大大张开。

仁左卫门大步向鹦鹉走去,乘着怒意,一刀将其劈为两半。

刀刃撞上坚硬的钢铁,刀尖冒出了火花。

接着,上满弦的发条使齿轮和弹簧从鹦鹉的胸口迸射而出,四处飞溅,发出火烤松果般噼里啪啦的脆响。一根纤细的钢丝尖啸着蜷曲起来,高亢的鸟鸣在隔间里乍然响起。心烦意乱的仁左卫门一脚踢翻木箱,在金刚鹦鹉的身上乱砍一气,直到它安静下来。

仁左卫门离开主宅，向别邸走去。穿过两道大门后，能看到万岁钟依然伫立在厅堂正中，默默地记录着时刻。他踏入厅堂，继续向里走去。

地板上有一扇长宽约一间[①]的暗门，掀开后，一段通往地下的笔直楼梯露了出来。仁左卫门小心翼翼地走下楼梯，推开了楼梯尽头的门板——钉宫久藏正站在门后。

久藏身旁有一个齐腰高的操作台，上面放着一截人的手臂——不，应该说是机巧人偶的手臂。肩膀根部的断口处看不到骨肉，只露出了无数相互缠绕的金属纤维和注满水银的细管。

钉宫久藏似乎正在进行什么精密的操作。他取下夹在单眼眼皮间的放大镜筒，看向了仁左卫门。

"你可真够吵的，给我消停点！"

仁左卫门并未收刀，直接用刀尖指着钉宫久藏怒斥道："你这混账竟敢骗我！那根本不是什么机巧人偶，是真正的羽鸟！"

"那又如何？"

"我把她杀了！"

"哦？"

看到仁左卫门持刀闯入也镇定自若的久藏，这时才终于改换了神色。

---

① 日本长度单位，1 间约等于 1.8 米。

"这是为何？"

仁左卫门一时语塞，最后从牙缝里挤出了一句话。"……因为她和羽鸟太像了。"

起初，仁左卫门觉得一切都顺利无比。

不仅是相貌，伊武就连声音、举止，甚至思维方式，都和羽鸟一模一样。虽然仁左卫门只见过羽鸟在十三阁时的样子，但他想，如果羽鸟成了民家女子，一定就是伊武现在这副模样。

"……那只蟋蟀怎么样了？"

一日午后，伊武突然这么问了一句。仁左卫门顿觉毛骨悚然。

"什么蟋蟀？"

"就是被扭断了一条后腿，让它和雄蟋蟀交尾的那只雌蟋蟀啊。"

有关那只断腿蟋蟀的事，仁左卫门只和羽鸟说起过，伊武又是如何得知的？这让他百思不得其解。

"真是想不到！久藏大人做的机巧人偶，就连记忆也能从本体转移过来？"

仁左卫门在一脸紧张的伊武身旁坐下，凑近观察她的脸，并忍不住伸手摸了一下。她的脸像糯米糕一样柔软，白嫩的肌肤在阳光下纤毫毕现。无论怎么看，都很难想象这副身体和金刚鹦鹉一样，里面装的是机巧部件。

伊武不会是真人吧?

和伊武同居一段时日后,仁左卫门萌生了这个疑问。他想不通伊武为何会与真正的羽鸟如此相似。羽鸟没有孪生姐妹,那么唯一可能的解释,就是伊武即羽鸟本人。

然而,不管仁左卫门怎么问,伊武都一口咬定自己只是被改造得很像羽鸟的机巧人偶。即便是在夜里同床共枕时,伊武的表现也与真人完全无异,这反倒让仁左卫门感到十分不适。

他开始惦念重获自由的羽鸟此刻身在何方了。虽然他曾经下定决心,分别后便不再与她联系,只与伊武相依为命,但后来他放弃了这个决定,出钱雇人去寻找羽鸟。而结果,却是哪里都寻不到羽鸟的踪迹。

如此一来,仁左卫门心中的疑虑又添了几分。

一日,他瞒着伊武久违地去了十三阁。

曾经服侍过羽鸟的侍女小堺如今已经成了正牌游女,过去属于羽鸟的那间客房归在了她的名下。仁左卫门毅然将小堺买下,与她来到了客房里。

"偷情可是使不得的呀!"

小堺惊讶地说着,却又像是在欲迎还拒。她一定还记得仁左卫门与羽鸟交好时那一掷千金的豪迈手笔。虽然是第一次接待仁左卫门,但她还是带着谄媚的笑容,扭动着婀娜的腰肢依偎过来。

然而，仁左卫门来此却是为了别的事。

"羽鸟的心上人是谁，你知道吗？"

见仁左卫门丝毫不为所动，只一味询问羽鸟赎身之前的事，倚姣作媚的小堺扫兴地蹙起了眉。

"她把小脚趾送给了谁？"

小堺起先只称不知，无奈仁左卫门再三逼问，她只好迫不得已地吐露道："羽鸟姐姐本是让我保密的，大人可千万别说是我告诉您的。"

仁左卫门点了点头。

"在阁中男娼们的协助下，我切下了她的小脚趾。就是像这样紧紧绑住趾根，一刀切下，然后血流不止……"

"这些都无关紧要。"仁左卫门不耐烦地催促道。

"切下的脚趾被装进塞着棉花的小盒，让男娼们送出去了。"

"送去何处？"

"大人真的不知？"

"别卖关子！到底送到哪里去了？"

"钉宫大人的宅邸。"

仁左卫门哑口无言。

"……羽鸟不让你泄露此事？"

小堺脸色苍白，目光游移着点了点头。

愤怒让仁左卫门的双手颤抖不已。如此一来，一切便都能说得通了。羽鸟把脚趾送给钉宫久藏，说明他们二人早有私情，而自己却一直被蒙在鼓里。

久藏从仁左卫门手中骗走了名贵的养盆，用它为羽鸟赎了身。剩下的钱则都以"机巧人偶做工费"的名义被他收入囊中。搞不好，久藏卖到市集上的那个养盆也是假的，真养盆现在还在他的手里。

若果真如此，一举赚得金钱、女人和珍贵养盆的钉宫久藏，想必此刻正笑得合不拢嘴。

久藏当着自己的面凌辱羽鸟很可能也是故意为之。看到自己当时的表情，说不定他们两个正背地里偷着乐呢——一念及此，羞耻感便在仁左卫门的腹中翻江倒海，让他感觉肠子都要被气出来了。

"你也和他们串通一气，在背地里笑话我吗?!"

仁左卫门怒不可遏，他有生以来还从未受过如此捉弄。

小堺慌忙上前安抚。让客人生气是游女的大忌，若是被老鸨知道了，定会将她狠狠打骂一番。更何况，帮助羽鸟偷送脚趾的事倘若泄露出去，她也势必脱不掉干系。

看着小堺极力献媚讨好的样子，仁左卫门恍惚间把她当成了用过这间客房的羽鸟。

回过神时，小堺已经倒在了他的脚边，血流如注。

艺伎弹奏三味线的乐音从其他客房传来，游女在酒席间的娇嗔隐约可闻。所幸，这间客房里只有仁左卫门和小堺两人。

顾不得擦血，仁左卫门直接将刀收回鞘中，用被子盖住小堺的尸体，吹灭灯盏，悄无声息地走出了客房。随后，他将沾满鲜血的双手藏在袖中，跑下楼梯，离开了十三阁。跨过架在河沟上的桥后，他避着路人的眼目，径直穿过了田间的大道。

回头看时，灯火通明的十三阁在湛蓝的夜空下巍峨耸立，栏杆之内的格窗上，无数人影缱绻摇曳。

仁左卫门蹑手蹑脚地回到妾房，发现伊武尚未就寝。

她穿着和羽鸟在十三阁时截然不同的素色羽织，虽然未施脂粉，却丝毫不失清纯之美。

看到仁左卫门步履慌乱地走进门来，正在屋中做针线活的伊武停下手来，诧异地抬起了头。她似乎察觉到了什么，神情哀婉凄切。

"我不是说过了吗？我不会幸福的。"

"你是羽鸟吧？"

"是伊武就不行吗？"伊武用墨绿色的眼睛直勾勾地盯着仁左卫门，让他不禁心生怯意，"我是谁根本就不重要。究竟何为真、何为假，有时还是不知道的好。"

"你说你是机巧人偶？好啊，那就让我看看你肚里的肠子！"

说罢，仁左卫门从腰间拔出刀来，向坐在地板上的伊武砍去。

伊武像是早有预料似的闭上双眼，没有闪躲。

仁左卫门的心中仍然抱着一丝希望。他盼望着，就像上次那只机巧蟋蟀一样，伊武的身体里会飞溅出发条和齿轮，流出机油和水银。

然而，从那副身体里喷涌而出的，无疑是活人的鲜血。

七

"你骗我！你和羽鸟合起伙来演双簧，羽鸟赎了身，而你从我手里骗走了养盆！"

"你果真这么以为？"

仁左卫门喘着粗气，把自己来到这里的经过完完整整地说了一遍。钉宫久藏站在他的面前，平静地听着。

"我确实收下了羽鸟的小脚趾。"

"她的心上人果然是你！"

久藏苦笑着摇了摇头，"你一定是误会了什么。你可知那脚趾现在何处？"

"用不着知道！"

说时迟那时快，仁左卫门的刀已经向久藏劈来。

久藏身手敏捷地躲过了这一击，身后的操作台被劈为两半。机巧手臂从台子上滚落在地，手肘和指关节猛烈地痉挛，宛如一条刚从水中捞出的鱼。

"江川仁左卫门，你可有心？若有，你一定是用它爱过什么东西。"

仁左卫门不解其意。他举着刀，一步步把钉宫久藏逼到了地下室的一角。

"受死吧，久藏！"

仁左卫门正要挥刀，忽然感到脚下一晃。

低头看时，只见方才那条掉在地上乱动的手臂死死地抓住了自己的脚踝。

趁此机会，钉宫久藏猛扑到仁左卫门的怀里，竖起食指和中指，用力戳进了他的胸口。

久藏活动手指，按动了仁左卫门体内的什么东西。这番操作和他让金刚鹦鹉停止活动时的手法十分相似。

仁左卫门感到全身一阵酥麻，像是被绳索绑住了一样动弹不得。他再也使不上一点力气，手中的刀咣当一声滑落在地。

"你……你对我做了什么？"他就连开口说话也变得十分吃力。

"是羽鸟的思念太强烈，还是我做得太精致了？具有人形的东西会生出灵魂，指的就是这种情况吧……"

仁左卫门的手臂悬停在空中，身体颤抖不止。钉宫久藏捡起地上的刀，向他的肩头砍去。

喷涌而出的不是血液，而是银色的液态金属。

仁左卫门怔怔地看着这一切。逐渐，他感到体内正有无数部件吱呀作响，倾轧崩裂。

地板上的水银像是水面上的油滴，聚集成一颗颗小球，四散滚去。

仁左卫门按着肩头跪倒在地。

砍在肩头的那一刀破坏了他体内微妙的平衡，用鲸须和钢铁制成的弹簧和发条难承重压，尽皆崩断，其他的部件也渐次脱节。

钉宫久藏转到仁左卫门身后，用刀尖对准他的背，一口气刺了进去。刀尖从仁左卫门的胸前穿出时，一个黑色的肉块被挑了出来。

"你仔细看看吧！"

仁左卫门定睛看向那个挂在刀尖上的东西——已经发黑的

肉块上，依稀能够分辨出小小的指甲。

"羽鸟特地把它交给我，让我把它装进你的身体里。"

"那我……"

"是按照一个已故男人的模样，制造出来的机巧人偶！委托人是羽鸟，而把你做出来的人，自然是我。"

久藏的声音仿佛是从极远处传来的。

"你……不，你的'原型'曾和羽鸟决定双双殉情。但羽鸟后来被救活了，死去的只有那个名叫江川仁左卫门的年轻武士。"

虽然不可能拥有那段记忆，但仁左卫门还是想象出了当时的场景。两人把绳子套在彼此的脖颈上，慢慢拉紧，可自己却怎么也无法狠下心来勒紧羽鸟脖颈上的绳子……

"游女殉情本是重罪，但所幸此事除了十三阁的老鸨外无人知晓。她不忍让身为十三阁一大财源的羽鸟坠河而死，便托我做了一个和死去的武士一模一样的机巧人偶，费用全都算在了羽鸟的头上。羽鸟在十三阁做游女的期限将满，如此一来便能再让她背上一笔债务，继续留在十三阁。老鸨起初只是想要隐瞒有人死在十三阁的事实，却万万没有想到你竟如此自然地融入了牛山藩的生活。"

仁左卫门的视野变得模糊不清，钉宫久藏把脸凑近说道："说实话，你的某些举动已然超出了我预想的范畴，我也不知道为何会这样。我始终坚信机巧人偶没有灵魂,可你,该不会是长出了心吧?你若果真有心,我倒想要见识见识⋯⋯"

仁左卫门从来没想过自己有没有心。

但是,他确实能够想象和思考。他不知道这和久藏口中那个已故武士的灵魂是否有关。

"我再问一遍,你可有心?"

"有。"

"你如何证明?"

"正因为有,所以现在我就要失去它了。"

久藏不置可否,轻轻地点了点头。

八

"那日,我要是被仁左大人一刀砍死该多好。"

刀伤尚未痊愈的羽鸟捂着胸口慢慢地走着,对身旁的钉宫久藏说。

"已经是第二次了,又只有我一个人苟活下来。"

两人走在环绕十三阁的河岸上。抬头仰望,楼阁各层的朱漆栏杆和格窗正在阳光下反着光芒。河沟中漾满浓绿的滞水,一排大门不足一间宽的廉价游女房搭建在对面的河岸上。

"没想到有一天能从外面仰望十三阁。多亏了仁左大人。"

岸边芦苇繁茂，无数水蝇聚集于芦苇荡中，在水面上轻点出了微微细波。

久藏是在看到自己做的机巧人偶忘记了身份，亲自找上门来时，才想出这个主意。

仁左卫门——准确地说，是以为自己是仁左卫门的机巧人偶——带来的养盆实属珍宝，用它卖来的钱，应该足够为身负双重债务的羽鸟赎身了。

真正的仁左卫门已不在人世，但倘若赎身后的羽鸟自己扮作机巧人偶，便能和那个仁左卫门模样的机巧人偶像普通夫妻一般生活下去。

久藏对羽鸟的经历深感同情，便用这番话说服了本不情愿配合的羽鸟。

他在芦苇荡的尽头停下了脚步，羽鸟却低着头继续向前走去。

久藏本想问羽鸟将来有什么打算，却欲言又止——问了又能怎样呢？羽鸟远去的背影看上去几近透明，令人痛感此命之薄。

一片芦苇叶吸引了久藏的目光。那里停着一只本不该出现于当季的巨大蟋蟀。他正要伸手去捉，忽然一阵大风刮过，摇曳的芦苇沙沙响动。

久藏眯起双眼，寻找那只蟋蟀。

蟋蟀掉入了水中。一只青蛙跳过来，将它一口咬住，却又立即厌恶地吐了出来。

"可惜骗不过青蛙，还欠些火候啊……"

久藏苦笑着喃喃自语，然后转身走向了别处。

 匣中赫拉克勒斯①

---

① 古希腊神话中的英雄，天生力大无穷。

一

怀上你的时候，我梦到腹中睡着一头巨鲸。

天德鲸右卫门想起了母亲的话。

此时，他正站在澡堂中央倾斜的地面上，对着一根巨柱练习推掌①，一双粗壮的臂膀强健有力。

柏木制的柱子闪着光泽，上面深陷着一个大大的掌印。

天德瞄准掌印，一言不发地练着功。每推一掌，整个澡堂都会跟着颤动一下。

身体在燃烧。巨大的长须鲸刺青占据了天德的后背，波涛样的纹路一直延伸到了他的手指和脚尖。因为有这身刺青，汗水

---

① 相扑练习之一。相扑时需要用双手猛推对方胸部，相扑力士平时通过推柱子进行练习。

不能从他的毛孔顺畅流出，刚刚练功半个时辰，血液就已经开始沸腾。

天德出生的时候，体重是一般婴儿的三倍，足足有两贯①半。

由于体型巨大，他的肩部曾经卡在母亲的产道里，三个大人一齐上手，才终于把他拽出来。天德就像是被浪花托起的幼鲸，随着奔涌的羊水降生于世。

母亲总会幸福地笑着讲起这件事。这幅画面，也成了天德对母亲为数不多的记忆。

五岁以前，天德一直和母亲生活在十三阁的最底层。

"阿鲸，该开工喽！"

一声话音盖过了推掌的闷响。

天德转过头，看到千岁正从更衣处中央的红漆高台上探出身子，招呼自己。

千岁年轻时也曾是个风姿绰约的美人，但现在她已年过半百，头上长出了白发，无论是面容、身形还是为人，都已经变得浑圆不堪。

她的丈夫仙六患了脚气病，行动甚是不便。于是，千岁就逐渐代替丈夫，掌管起了这间澡堂的大小事务。

晨间的训练就此告一段落，天德该去生火烧水了。

---

① 日本重量单位，1贯为3.75千克。

天德对千岁颔首示意，脱下相扑用的兜裆布，裸露全身。

澡堂的更衣处和洗浴间不设隔断，也不分男女，只有泡澡间是男女分开的。两个泡澡间的入口各有一个红色鸟居形状的矮门。

为了减少散热，"鸟居"上方的横木被做得很低，其间的木板上点缀着些许松柏图案。

普通人一弯腰就能钻过的矮门，对于体型巨大的天德来说，几乎得匍匐前进才能通过。

天德吃力地钻过矮门，来到阴冷的浴池边，用小桶舀起昨晚剩下的凉水，从头到脚反复浇了几次，才终于驱散体内的灼热。

天德再次钻过矮门，回到洗浴间。用干毛巾简单擦拭身体后，他穿上兜裆布，对着高台上的神龛合掌参拜。

那里供奉着从蹶速神社求来的神符。

当麻蹶速①——相扑之神。

相传在遥远的神代②，当麻蹶速与野见宿祢比赛相扑时，曾被踢断肋骨，眼看就要惨死在对方脚下。就在这时，他突然抓住对方的脚用力一拖，对方立即失去平衡向前栽倒。最终，这个绝地反击让当麻蹶速取得了胜利。

———————————

① 与下文中的野见宿祢均为日本传说中的相扑力士。

② 日本神话中天地开辟至神武天皇即位前的时代。

这种抓脚的招数，也是天德最擅长的。

"练得挺卖力啊！下场比赛是什么时候？"看到天德参拜相扑之神，刚从外面回来的千岁搭讪道。

"莲根稻荷神社的劝进相扑。"

天德一向不善言辞，回答也显得颇为冷淡，但千岁听后还是笑逐颜开。

莲根稻荷神社位于典幻大街的入口，那一带是各路商家的汇集地，也是各藩大名驻扎天府的首选要地。

每年二月的初午日①，稻荷神社都要举行祭祀仪式。莲根稻荷神社会召开一场"劝进相扑"比赛，为修缮神社广募钱财。

"劝进相扑呀，那我这种老妈子也能进去看吧？"

看着一脸高兴的千岁，天德困惑地点了点头。

天府的大相扑比赛通常只有最终场才允许女性观看。因此，终场比赛也被俗称为"老妈子专场"。不过，以募钱为目的的劝进相扑没有这个规定，老幼妇孺皆可围观。

"可是老板娘，初午那天过节，店里不会很忙吗？"

每逢元旦、五节②、财神节等大小节日，澡堂都会布置酒饭款

①日本古代用天干地支来纪日，"午日"即干支逢午的日子。
②日本古时一年中五个节日的总称。指一月七日（人日）、三月三日（上巳）、五月五日（端午）、七月七日（七夕）和九月九日（重阳）。

待客人，客人们则会献上钱纸包①作为酬谢。天府人讲究在节日洗澡净身，所以每到过节，店里都会忙得热火朝天。

"不妨事，把店托人照看半个时辰就行，我只看有你的那场。"千岁笑着，用力拍了拍天德的背，"好了，该干活了！去后面把热水烧上，别忘了辰刻之前把招牌挂上。"

"是。"

天德应了一声，绕过高台，在玄关换上木屐，然后来到大街上，准备朝澡堂后门走去。

正值清晨卯刻，街上笼着晨雾。

货商们的肩上挑着鱼呀豆腐之类，已经陆陆续续向平民区赶去。

"哎，这不是天德鲸右卫门嘛！"

一个货商突然停住脚步，回头看着天德。

是个陌生人。天德正觉诧异，那人却毫不客气地走到他面前，伸手拍了拍他的胸脯。

"体格还真不赖啊！你在这里做事？"

天德沉默着点了点头。货商把肩上挑着的漆箱子放在地上，拉开上面的小抽屉开始翻找。此人卖的好像是干货，抽屉里放着

---

①即包着钱的纸团，在日本原本用于供奉神佛，后来演变成了一种过节送礼的形式。

菜刀、刨子一类的工具。

"听说你才十八岁？再努努力的话，准能被哪个大户人家选中！"

"……你是怎么知道我的？"

"因为这个呀，你看——"

货商小心翼翼地从抽屉里取出了一幅画。那是一幅彩色版画，被妥善地包裹在布里。画的内容让天德目瞪口呆，他从货商手中一把抢过画，死死地盯着它看。

画中人背上刺着长须鲸，四肢上蔓延着波涛样的纹路，头上梳着橹落式[①]的发髻……

无论怎么看，画中人无疑就是天德。

画里的天德头上缠着毛巾，单手拿着一张厚重的棋盘，正在用它当扇子扇风生火。

抽屉里还有几幅画，画的也都是天德。有的夸张地把他画成了降妖除魔的英雄，有的则惟妙惟肖地捕捉了他用抓脚绝技取胜的瞬间。

"这是……"天德怔怔地问。

"我的一位主顾很喜欢你。这不，我刚从葵屋买了几幅你的

[①] 日本江户时期相扑力士的一种发髻样式。类似于现代力士的"银杏髻"，但只把发尾很短的一部分卷至脑后，不会让其大幅散开。

画,准备送他当见面礼呢。这下可好,你赶紧给我按个手印,我准能做成一笔大生意!"

"……葵屋?"天德愈发困惑,他完全听不懂这个货商的话。

"我说你怎么这副表情?你现在可是大名鼎鼎啦!不然,戈尹斋为什么不去画那些上等力士,偏偏只画你这个下等……"

说到这儿,货商发觉自己说错话了,紧张地观察着天德的脸色。天德不以为意地把画还给他,走向澡堂后方生火去了。

"喂,你别生气啊!"

货商的喊声从背后传来。

说到葵屋的戈尹斋,平时不问世事的天德也略有耳闻。

他是一位善画美人的画师,虽说也会画些春意较浓的作品,但从不画那种露骨的男女交欢图。因此,他在女人之间也广受追捧。

天德曾在相扑比赛的准备间里,看到过其他力士痴笑着围观戈尹斋的画作。

戈尹斋的画里有一种说不出的魅力,就连从小见惯了女人裸体的天德,看了那些画也会脸红。

而现在,戈尹斋突然画起了天德,这让天德很是诧异。

二

那个女子又来了。

天德睁大眼睛看着她。

只见她解开腰带，红色小袖顺着肩头轻轻滑下，更衣处和洗浴间的男人们顿时骚动起来。

她肤色雪白，身材瘦削，胸部并不是十分丰满。然而，她那娇艳欲滴的双唇，以及时而清纯时而成熟的魅惑姿态，都让人忍不住想要盯着去看。

像是察觉了有人盯着自己，女子回过头看向天德。

她的双眸像彩色玻璃一般通透无瑕，诱人的红唇对着天德扬起一抹绝美的笑。

"天德，手别停啊！"

天德正在给一位上年纪的熟客搓背，被这么一说，他慌忙继续用米糠袋① 在客人身上揉搓起来。

搓背的同时，天德又一次抬头看向了更衣处，女子的身影已经不见了。

---

① 一种搓澡用具。在手掌大小的布袋里装入米糠，洗澡时用来摩擦身体，有清洁和美肤的功效。

他用目光苦苦搜寻，终于在水雾弥漫的洗浴间找到了她。她正用澡堂提供的修毛石打理着阴毛[①]。天德不知道她的名字和来历，只知道她是个不时会来光顾澡堂的客人。

她只叫天德来为她搓过一次背。

手碰到她身上时的那种奇妙的触感，让天德至今难以忘怀。天德不知异样感从何而来，但可以肯定的是，他从小到大给无数男女老少搓过背，只有她的身体不同寻常。

自那之后，女子每每进店，天德都盼着她叫自己搓背。然而，她却只是用眼神对天德示以问候，或是对他微笑一下，再也没有让他帮忙搓背。

女子走进了女性专用的泡澡间，这时，洗浴间的另一头传来了一声呼唤："天德，这边！"

"来了。"

天德走动的时候，背上的长须鲸也会跟着扭动身体，仿佛有了生命。穿行于水雾中时，它就像是在晨霭倾洒的海洋里遨游。

天德全身上下只围着一条头巾和一块兜裆布，他刚开始搓背，身前这个名叫阿富的半老妇女便娇媚地问道："初午日那天，你可是要去参加莲根稻荷神社的劝进相扑？"

---

① 日本江户时期的人无论男女都有修剪阴毛的习惯。他们通常会先用剪刀将阴毛剪短，然后用修毛石（一种拳头大小的粗糙石头）把剩余的毛茬蹭掉。

阿富故意将身体向后靠，依偎在天德身上。

她戏谑地笑着，握住天德的手，移向自己丰盈的胸脯。

对于这类调戏，天德早就见怪不怪了。他若无其事地抽出手，从旁边的水桶里舀起热水，从阿富的肩上浇下。

水从竹板坐凳的缝隙间流下，淌过澡堂倾斜的地面，最终汇入了房间中央的下水槽。

阿富自讨没趣地皱着眉哼了一声："你这孩子还是这么呆！好歹也红个脸给我看看呀？"

"抱歉。"

"行啦行啦，我知道我老了。"

阿富闷闷不乐地重新盘了盘头发。

"别看我这副样子，长屋①那些年轻汉子第一次可都是拿我来练手！看你这样子，还没有过第一次吧？要不要我来陪你玩玩？"阿富媚笑着调侃道。

的确，天德对女人的身体还一无所知。

"阿富，别总调戏我家天德。"高台上的千岁拍着响板②说。

"可恶，原来你在偷听！"

洗浴间里的客人们哄然大笑。

①一种多户并排的住宅，在江户时代多为底层平民居住。
②也称"拍子木"，由两块硬木或竹子组成，通常用细绳连接起来，用来击出爆裂声。

这些客人无论老幼，都是天德再熟悉不过的。

天德是被澡堂的老板仙六和老板娘千岁养大的。

十三阁里过去没有澡堂，游女们又被阁外的河沟围困其中。于是，仙六和千岁开设的浴船就成了她们钟爱的去处。

仙六每天辛劳地用船底的炉灶生火烧水，千岁则负责接待手持水桶和毛巾、结队而来的游女。虽说河道上也有几艘别家开的浴船，但只有仙六家的船上有像样的浴池。

天德出生在十三阁最底层的廉价妓馆。有一天，一向温婉的母亲突然冷着脸把他赶出了家门。仙六看上了天德的体格，于是雇他来做伙计。

天德至今还记得，当时自己上了河沟里的浴船，不明所以地哭着，看着岸边的母亲渐渐远去。自那之后，已经过去了十多年。

"多谢了呦。"

阿富对替她搓完背的天德道了声谢，站起身来，走进了里间。

"天德，夹层有客人找。"

时近戌刻，澡堂就要打烊，千岁忽然从高台上探身招唤天德。

天德解下头上的毛巾，拧了拧，擦了把脸上的汗。

他猜不出客人是谁，只好满心狐疑地登上了更衣处的窄梯。

夹层的天花板只有六尺来高，身材魁梧的天德只能弓身站立。

这里很宽敞，木地板上摆放着各类棋盘，还有几位客人正在小酌。

"天德，这边。"

天德朝声音传来的方向看去，发现竟是老板仙六。

仙六患脚气病后行动不便，几乎足不出户，今天他竟然忍着脚痛上了二层，说明来客的身份必定非同小可。

据说，仙六以前也和天德一样爱好相扑，还因为天生神力而小有名气。工作之余，他也会时常练功。但自从得了脚气病，他整个人便消瘦下来，再没有了当年的神采。

仙六身旁，一个男人背靠墙壁而坐，正在从长宽一尺左右的小窗口窥视下面的洗浴间。

男人的肩上挂着刀，神色与其他客人迥然不同。

"都是些老婆娘，真没劲。"

男人叹着气转过头来，望向刚上来的天德。

"这位是矢车长吉大人的随从，叫清十郎。"

听到仙六介绍自己，清十郎把手中的酒盏放在了地上。

"你就是天德？长吉老爷有事找你，已经在十三阁订好了客房。我家老爷用客房之前，必须叫人把杯子、碟子、榻榻米和屏风统统都换成新的，花销可是普通的客人的三倍！看来你的身价不低啊。"男人说着，关上了墙上的小窗，"这下子，戈尹斋就只有风俗画①才好卖喽。"

最后，行动不便的仙六留了下来，天德独自一人赶赴十三阁。

那里是天德儿时的居所，但他已经有十多年没去过了。

就算是以前住在那里的时候，他也从未去过二层以上。

十三阁四面被宽广的河道围绕着，每至夜晚，楼阁都流光溢彩。远远望去，朱红色的栏杆层叠掩映，其间数不清的人影摇曳，好不热闹。在懵懂的孩提时代，天德时常会想，独居在十三阁顶层的太夫②究竟是何等女子。

天德跟随着清十郎的脚步向十三阁走去。通往十三阁的路只有一条，路很长，沿途没有一户人家。在这条路上，哪怕是遇到熟人，也铁定是要装作互不相识的。

然而，天德的耳朵还是捕捉到了过路人的低语——"咦，这不是天德吗？"

或许是因为戈尹斋的画作，认识天德的人远比他自己想象的

---

①浮世绘的一种，取材于日常场景，主要描绘妇女的挑逗性姿态，与露骨的春画有区别。

②日本最高等级的游女。

要多得多。

"我说话不喜欢绕弯子,这次事关重大,我就直说了。"

矢车长吉慈祥地笑着,而天德恭谨地跪坐在他的对面。长吉是一个瘦得皮包骨头的矮小老人,他身披一件粗陋的旧农衣,腰间系着一根麻绳,看上去不修边幅。

天德对长吉知之甚少,只知道是他和他的族人组织了莲根稻荷神社的劝进相扑。

长吉已经和几名手下喝了几盅,却丝毫不露醉态,始终保持着高雅的风度。游女们只负责为他们斟酒。

"天德鲸右卫门,你如今在坊间人气高涨,要是你上场比赛,赌券绝对会卖到往日的三倍,甚至是五倍!"

用相扑比赛的结果来打赌,已经算不上什么新鲜事。

甚至可以说,大多数人都是以赌博为目的去现场观赛的。一旦确定了对决力士,赌券就会开始发售。比赛当天,也会有一些腰上挂满赌券的商贩混迹于后排的看客之中。当然,组织赌博和组织比赛的是同一帮人。

决出胜负之后,商贩们会从赌客手中将赌券重新买回。是赚是赔,全看当场比赛胜负如何。

赌券数量有限,如果遇到胜算较高的力士,大家都会抢着下注,赌券的价格自然就会疯涨。

"这次与你对决的力士是鬼鹿毛。"

听长吉这么一说,天德放下心来,他认为自己胜券在握。

鬼鹿毛是一个身材矮小的力士,大约十年前参加过大相扑比赛。虽然现在级别有所下降,但不管怎样,如果天德能战胜他,仍然是一项值得夸耀的战绩。

"大家知道你有优势,都在押你会赢。"长吉呷了一口酒,继续道,"可是要知道,鬼鹿毛虽然矮小,动作却灵敏如猴。你抓住他脚的时候,他突然抽身而出,把你推出土俵①逆转战局,也不是完全没有可能。"

天德听后很是吃惊,但他没有插嘴,打算先听长吉把话说完。

"目前卖出的赌券里,押你赢的已经占了八成。比赛当天要是再造造势,没准能占到九成。我可是好久都没遇到过这种一边倒的生意了。天德,多亏有你啊!"

长吉明明说自己不喜欢绕弯子,说出的话却句句不在点上。

"天德,你放机灵点儿!"

角落里的清十郎咋舌吼道。此刻他正抱着刀,背靠在墙壁上。

天德这下才明白他们的用意。

他们是想让天德放水,故意输掉比赛,从中大赚一笔。

---

① 相扑比赛场地的专称。

"清十郎，住嘴。"

长吉口吻平静，却让人感到一阵寒意。

清十郎慌忙端正了坐姿。

长吉仍是满脸慈祥地笑着，但在他眯成一条缝的眼皮间，一道锐利的白光一闪而过。

"我只是说有这么一种可能而已，你别说些让人误会的话。"

长吉语调温和，现场的气氛却依然紧张。

"哎呀，冷场了！见笑见笑。天德，刚才的话你就忘了吧。"

长吉说着，拿起酒壶给天德斟酒。

看样子，他似乎并不打算给天德选择的余地。

三

传唤力士进场的声音在莲根稻荷神社响起。

方形土俵由绳子围成，四角插着四根柱子。天德刚一上场，满堂的看客就开始呐喊欢呼。

天德活动了几下肩膀，背上的长须鲸像活了似的跟着扭动，引得看客们再次喧腾起来。

根据规定，越是声望高的力士就越靠后出场。因此，天德的对手鬼鹿毛已经率先站在了土俵上。或许是对这项规定有所不满，鬼鹿毛正恶狠狠地盯着天德。他的个子比天德矮一头，头上盘着栗色的发髻，体毛如野兽鬃毛般从脖颈一直延伸到脊背，可以说是人如其名。

土俵之下，长吉像个下人似的忙得团团转。

"你这老东西，挡着我了！"一个工匠模样的年轻人对着长吉破口大骂，把手中插着藕饼的竹签扔到了他的身上。长吉只是微微动了动下巴，土俵旁一个面目凶恶的手下就把年轻人架走了。

在行司①的指示下，场上的两人摆出了准备动作。只见鬼鹿毛伏下身体，几乎贴在了地面上，体态犹如扁蛛。这是他的专长之一：先故意压低身体迷惑对方，再伺机迎面扑向对方。

此人恐怕不好对付——天德暗忖。

一旦选错了准备姿势，很可能会被逼到土俵一角，那时若再想反攻，可是比登天还难。

京城一带的相扑惯用圆土俵，它与天府的方土俵的最大区别，就在于"角落攻防"的有无。如果是圆土俵，力士背朝哪边都是一样的；但如果是方土俵，被逼到背贴柱子就等于死路一条。

当年，当麻蹶速快被野见宿祢踩死的时候，突然用抓脚一招将宿祢扳倒，骑在他的身上，反败为胜。

根据那场神话中的比赛，相扑的规则做出了调整——土俵之

---

① 相扑比赛的裁判。

内，就算倒地也不算输。除非有人主动认输，否则，必须对战到某一方被推下土俵，才能确定胜负。

如此一来，两名力士往往会扭打到浑身是泥、倒地数次还不肯认输的地步，将比赛时间拖延到半个时辰之久。为了避免这种状况，天府近来也开始出现了使用圆土俵，并且规则为倒地即输的"宿祢相扑"。然而要说最过瘾的相扑，还是当属生猛的方土俵相扑。提到相扑，最受欢迎的仍然是这种"蹶速相扑"。

为了提防鬼鹿毛的突袭，天德也略微压低了身体。两人目前间隔较远，用扁蛛体势是扑不过来的。

天德放手示意的同时，行司举起了军配扇①，比赛正式开始。

天德本以为鬼鹿毛会伸出手臂进攻，没想到对方二话不说一跃而起，用头顶对准天德的下颌，硬生生撞了过来。

遗憾的是，他的身高不够。

天德左手抓住鬼鹿毛的脚，右肘顶在他的肩头，想把他的上半身向后扳倒。

肉与肉碰撞在一起时的干涩声响在神社内回荡。

典幻大街旁边排列得密密麻麻的红色千本鸟居②仿佛也感受到了震颤，横木上悬挂的幸运莲藕纷纷摇晃起来。

---

① 日本古代指挥作战时使用的一种扇子，常由皮或铁制成，相扑比赛也用其作为指挥道具。

② 大量鸟居串联形成一条隧道的景观。

天德的手肘像是戳到了鬼鹿毛的下颚或是咽喉，只见鬼鹿毛膝盖一软，向下倒去。

天德正要抓着对手的兜裆布把他扔出土俵，不料鬼鹿毛突然反击，死死抱住了天德的大腿。

鬼鹿毛本来是想佯装昏迷，待对方放松警惕再伺机从正面猛扑。无奈他和天德的体格差距太大，很难"下手进攻"[①]，于是才决定换用"朽木倒"[②]。

天德双脚开立，全力维持着平衡。他知道，如果自己摔倒，就只能躺在地上与鬼鹿毛搏斗，那时经验丰富的鬼鹿毛将会远远占据上风。初出茅庐的天德若想胜过诡计多端的鬼鹿毛，就必须想办法把他从土俵上推下去。

"喂，你知道该怎么做吧？"

抱在天德大腿上的鬼鹿毛低声说道。

一旁的行司应该也能听到他的话，但却装作毫不知情，看来早已被事先买通。

天德这才想起长吉要他故意放水输掉比赛的事，一时不知所措。

"阿鲸！阿鲸！！"

①从对方胳膊的内侧抓住对方的兜裆布，将其扔出场外的相扑技巧。

②一种通过抱住对手大腿将其摔倒的武术技巧，对手摔倒时"像一棵腐朽大树被从根部放倒"，因而得名。

这时，他听到土俵之下的千岁正在扯着嗓子为自己呐喊。

恍神间，身体在头脑反应过来之前采取了行动。

他弯下腰，一掌打掉鬼鹿毛紧抓在自己大腿上的手，发起了"上手进攻"①。

鬼鹿毛只勉强撑住了一小会儿，随后体势便慢慢倾斜，最后仰面栽倒，一条腿高举到了半空。

这一刻，天德感觉眼前的世界天旋地转。

他一把抓住对方的脚踝，气沉丹田，在上脚的同时笔直做出推掌，给出了决定性的一击。

脚踝骨碎裂的触感传到手上，鬼鹿毛的身体在空中划过一道弧线，最终落在了看台里。周围的看客被压倒了一大片。

与此同时，行司举旗，宣布天德胜利。

头脑终于清醒过来的天德站在土俵之上俯视看台，只见鬼鹿毛已经倒在看台中央，身边围着一圈人。

在那些人边上，矢车长吉正面无表情地用一双细眼盯着天德。

四

"明坂藩要雇你。"

---

① 从对方胳膊的外侧抓住对方的兜裆布，将其扔出场外的相扑技巧。

戌刻钟鸣，天德摘下澡堂的招牌，开始打扫洗浴间。平日里极少露面的仙六拄着拐杖，为他带来了这个消息。

"听了准保你吓一跳，他们说每年给你三十石^①的俸禄，还另有十五两的补贴供你盖房娶妻。"

"天德，这是好事啊！"

千岁也从旁边凑上来，欣喜地说。

仙六随手拉过一个水桶，把它倒扣在地，坐在上面。

"我可以去？"

"我们还能不让你去吗？"

"那以后谁来烧水搓澡……"

"这叫什么话？根本不用管这些，你这下可是要出人头地了！"

千岁的声音里充满喜悦，仙六也赞同地点了点头。跪坐在洗浴间地板上的天德忽然觉得有些对不起他们，不禁蜷缩起了那巨大的身体。

明坂藩虽说只是坂州的一个小藩，但却格外重视相扑力士的培养，在相扑界也是名人辈出，城郊的下藩邸里铺设着气派的土俵和训练场。

① 江户时期武士的俸禄通常用大米或现金支付，1石俸禄即约180升大米，或等值的现金。

　　如果去那里做力士，就有机会参加京城和天府的大相扑比赛。表现出色的话，还能获得更多的俸禄和赏金。到那时，他便可以报答仙六和千岁的养育之恩了。

　　天德心意已定。

　　"那好，咱们这两天去明坂藩的下藩邸报个到吧！"

　　看天德点了头，仙六开怀大笑起来。

　　次日，天德去了葵屋。不出所料，戈尹斋的新画已经赫然摆出，画的正是天德和鬼鹿毛在莲根稻荷神社的相扑决斗。

　　一进店内，满眼几乎都是戈尹斋的画作。除了以天德为题的，其余都是些美人画、风俗画之类。

　　其他画师笔下的女子虽说也都姿色诱人，但未免有些千篇一律。然而，戈尹斋笔下的女子却丰富多彩。从胸部尚未发育完全的少女裸体，到大龄妇女的松弛小腹，他的画里总有一种别人笔下没有的香艳。或许正是他那原样描绘真实生活的冷静笔触，才让世间之人无论男女都为之着迷。

　　相比之下，有关天德的画作都十分夸张。虽然其中也有真实的相扑场景，但降妖除魔、棋盘扇火等场面都纯属虚构，尽情展现着作者的想象。然而这两种风格迥异的画确实都出自一人之手，这一点就连不懂绘画的天德也能看得出来。

天德的出现，让店内顿时鸦雀无声。当值的大伙计见状，慌忙叫来了葵屋的掌柜。

"我想见一见戈尹斋先生。"

天德说明来意后，掌柜面露难色，把他带到了更深处的一间房内，好像是怕他在店里生事。

"这恐怕无法让大人如愿，还望恕罪……"

掌柜诚惶诚恐地说。他本想断然拒绝，但果然还是对天德惧怕三分。

天德用拇指和食指捏起面前的茶碗，把里面的茶水一口喝干，那样子就像是在喝酒。掌柜身后的大伙计见状，吓得大气不敢出一声。

"我不是来找他理论的，也不是想讹钱。"

"那是……"

"我只想向他道一声谢，这也不行吗？"

掌柜的表情依然很难堪。

"他的画让世人知道了我的名字，因此我才会受邀参加莲根稻荷神社的劝进相扑，还因为一场比赛得到了某藩的雇佣。我很感激他，想要亲口对他道声谢。"

"啊，可是……"掌柜似有难言之隐，犹豫不决。

见掌柜不好开口，大伙计代为答道："就说实话了吧，我们也不知道戈尹斋是谁！"

天德转头看向那位伙计，吓得他连忙摆手辩解："真的没有骗您，是一个中间人把戈尹斋的新画卖给我们的。"

"那就让我见见那个中间人。"

"这……"

两人似乎还是不肯帮这个忙。

作为发行商，轻易泄露知名画师和中间人的底细，是很不道德的行为。

天德无奈，只好起身离开。

走出葵屋的时候，天色已近黄昏。

这里离澡堂有五六十町①，走路回去至少需要半个时辰。街上尚有行人，但天德想赶在天黑之前回去，于是选择了一条平时很少走的路。

他决定沿着雁仁堀边的小道走。这条路在夜间十分危险，甚至有人说大约每走十间就会遇上强盗。不过天德想，现在天还没黑，而且自己长得如此强壮，应该也不会有哪个傻子会来袭击。

河沟里的污水散发着腥臭，水面上漂浮着几艘小船。

那些船大多是卖春船，上面载着极廉价的卖春女。她们要么是因身染梅毒被赶出十三阁底层的可怜游女，要么是相貌丑陋或

---

① 日本长度单位，1 町约等于 109 米。

已年近古稀没人要的女人。

然而即便如此，还是会有人来和她们共度良宵。几艘小船正在奇怪地摇颤着，不禁让人浮想联翩。

岸边的小路上盖着几间简陋的茅草房。不时会有一些神色可疑的家伙出没，像搜寻猎物一般在每家每户之间往来窥探。

天德加紧脚步，想要尽快穿过小路。不料，前方突然闪出一个人影，挡住了他的去路。那人似乎已经等候多时。

"呀，天德，我听说你最近可是春风得意啊？"

这个声音很耳熟。

天德想起来了，此人就是那个替长吉来澡堂跑腿的落魄武士，名字好像叫清十郎。

"但就是因为你，我们血赔了一笔，长吉老爷的面子都丢光了！我们怎么可能让你独自逍遥?！"

话音刚落，人影便从腰间拔出刀来。

月光下，刀刃反射的寒光映入了天德的眼。

侧近的小船里隐约传来了缱绻欢声，小船外的两人却已是剑拔弩张。

天德摆好架势，怒视着与自己只有两间之隔的清十郎。他想，虽然自己手无寸铁，但只要用身体猛撞过去，哪怕是持刀的对手也断然招架不住。只要把清十郎撞进河沟里，然后尽快逃离这里就行了。

对面的清十郎此刻却气定神闲，一副胜券在握的样子。

天德往前踏出一大步，准备朝清十郎撞过去——

这时，脚底传来一阵剧痛。

天德不禁惨叫一声。因为身体失去了平衡，他连忙伸出一只手撑在地上，而那只手也感到了撕心裂肺的疼痛。

昏暗之中，天德把手掌凑到眼前一看，只见一个锋利的铁菱①深深扎进了肉里。

原来，清十郎事先在地上撒了铁菱。

现在醒悟已经为时太晚。扎进天德脚底的粗大铁菱似乎还带着倒钩，让他每挪动一步都会痛得钻心透骨。现在的天德别说是逃跑，就连走路都艰难无比。

"唉，对付你就得像是对付豺狼虎豹。实话告诉你，我一开始还想用捕兽夹哩！"清十郎放声大笑，"你放心，这次只是稍施惩戒，不会取你性命。不过，你的相扑生涯恐怕要到此为止了……在澡堂里给人搓澡，用不着两条胳膊吧？"

"什么？等等！"痛得动弹不得的天德大惊失色。

话音未落，只见刀光闪过，天德的一条小臂被齐齐斩断。

鲜血喷涌而出，把暗淡的夜色染为漆黑。

---

① 一种菱角状的尖锐铁器，战时置于路上或水中，用以刺伤敌方人马。

清十郎旋即转身离开。

天德蜷缩在原地,大量失血让他的意识渐渐模糊。他想要呼救,可在雁仁堀人人都只想着图财害命,又有谁会出手相助呢?

一阵脚步声传来,天德强撑着身子抬起了头。

一位身穿红色小袖的女子来到了他的面前。

是来过澡堂的那个女子!

天上明明没有下雨,女子的肩头却撑着一把雨伞。天德跪在地上,仰面望着她。

之后,天德就逐渐失去了意识。

五

怀上你的时候,我梦到腹中睡着一头巨鲸。

似乎从什么地方传来了母亲的声音。

天德环抱双膝,蜷缩在一个漆黑的匣子里。

背上刺的长须鲸一跃而出,文满周身的波涛开始奔流,最终,天德的身体里涌出一片汪洋大海。

天德则化身为一头巨鲸,高高地喷着水柱,在浪花间飞翻腾跃。

阳光透射进如洗的碧波,形成一道随波轻摇的光幕……

"你醒了？"

一个男人的声音打破了天德的幻梦，他微微张开眼睛，发现自己正置身于一处陌生的所在。

"这里是……"

"你在雁仁堀被人砍了胳膊，是伊武发现了你，把你搬到这里来的。"

天德躺在石头铺的地面上。

屋子很冷，四壁无窗，也不见灯烛，却亮堂得出奇。

天德坐起身来，看到面前正站着一个六旬上下的男人。

男人贴身穿着扎染成湛蓝色的小袖，外套一件绉绸羽织，俨然一副小官吏的模样。然而，他一只眼的眼皮间却夹着一个微型放大镜似的小圆筒，为他增添了几分神秘。

"敢问……"

"我是幕府精炼方技师，钉宫久藏。这里是我家。我不是郎中，但缝合伤口这种活还是会干的。"

天德闻言，连忙看了看自己的手臂。

右臂被砍断的地方紧紧缠着白布，血迹从布的边缘微微渗出。

"醒了就赶紧走吧，你这大个子太占地方了。"

"钉宫大人，求您别这么说，帮帮他吧！只要您肯把他留下，剩下的事我来……"

"说什么傻话？你还得继续这样待两三天呢，我必须仔细检查你的每一处部位。"

"我知道，可是……"

钉宫久藏在和什么人说话？天德很是讶异。

久藏的视线前方有一个很大的台子。天德此时坐在地上，看不到台子上的东西，但能听到一个声音从那里传来。

"我听说你是相扑力士，叫天德鲸右卫门？"

"是……"天德怅然答道，"可我现在只剩一条胳膊，力士是当不成了，我再也不能和对手上场厮杀了！"

事实确实如此。

"刚刚有藩愿意雇佣我，还以为终于能报答澡堂掌柜夫妇的养育之恩了，可现在……"

"丧气话回家去说。"

久藏冷冷地转过身去，走向了台子。

天德无奈，只好用左手支着身子站了起来。

起身的瞬间，眼前的场景让他倒吸一口凉气。

屋子正中摆着六个大小不一的台子，每一个都发着白亮亮的光。

位于中央位置的台子看起来最大，上面放着一具没有头颅的女性胴体。

此台两侧及前方相隔三尺左右的位置上,各放着两个狭长的台子,上面分别放着双臂和双腿。

数十根成簇的细管悬垂在台子之间,连接着四肢与中央大台上的胴体。

更不可思议的是,最远端的台子上稳稳放着一颗女子的头颅,有如大战之后的验首级仪式①。

"这是……"

尽管场面极为离奇,但天德却没有惊慌失措。

他认得那个女子的脸——不会有错,她就是几年前开始光顾澡堂的那个身穿红色小袖的女子……

"试着活动手指,一根一根地来,要慢——"

久藏把困惑的天德扔在一边,发出指示。

在那些手臂和腿的断面处,精心打磨过的金属骨骼闪耀着细腻的光泽,齿轮和弹簧密密麻麻填充其间,窸窸窣窣运动不息。

由于无法点头,女子的头颅眨眼表示同意,随后,另一个台子上的手便活动了起来。手上的手指从拇指开始试着弯曲,依次活动每一个关节。

"这条手臂……是人造之物?"

"不只是手臂,这个女子全身上下的每一处,都是我用机巧

---

① 古时大将在战斗之后确认手下武士砍下的敌人首级,以论功行赏。

做出来的。"

天德闻言，吃惊地凑上前去仔细观察那具胴体和手臂的断面。

"不要那样盯着人家看好不好？"

女子的头羞红了脸，紧闭双眼，轻咬着唇。她在澡堂里一丝不挂时都不曾这样害羞过。

天德慌忙移开了视线。

"别在意，只是长得像人而已，实际上并没有生命。"

天德实在不敢相信，难道刚才她脸上的表情只是为了模仿人而设计出来的？其中就没有任何更深层的含义？

天德低头看了看自己的右臂，手肘以下已经空空如也，却还是能依稀感觉到手的存在。

女子的头再次开口道："钉宫大人……"

"什么事？"

"请您为天德大人做一条手臂吧。"

天德震惊地抬起头。"连这都能做到吗？"

久藏的眉心挤出一道深深的皱纹。他将夹在眼皮间的放大镜筒取了下来。

"我还从没试过把人体和机巧连在一起。"

"如果是钉宫大人的话，一定能……"

"伊武，你住嘴！"

被久藏这么一呵斥，女子的头顺从地合上了双眼。

"最近不是有个叫戈尹斋的画师很出名吗？她好像是从那人的画里知道了你。"

久藏的语气有些奇怪，像是在刻意寻找说辞。

然而此刻，天德的脑海已经完全被得知手臂有救的欣喜占据了。

久藏似乎从天德的表情看穿了他的心思，开口道："我刚才说了，我还从没试过把人体和机巧连在一起。机巧没有灵魂，只能靠人心去操纵。如果乱了心智，机巧可能也会失去控制，到时后果将不堪设想。这你也能接受吗？"

天德点了点头。

"你的钱够吗？别看只有一条手臂，价钱可不是个小数目。"

"若我顺利被明坂藩雇佣，就能拿到十五两钱的补贴，总该够了吧……"

久藏沉思了一阵，终于点头同意。

六

世人都在传言，天德因为招惹了长吉而惨遭暗杀。不料一个月后的一天,天德突然安然无恙地回到了澡堂。

　　仙六和千岁反复盘问,天德也坚决不说去了哪里,只说自己顺利当上了明坂藩的力士,但十五两的补贴钱很快就被挥霍一空。

　　仙六夫妇明白天德一定是有什么难言之隐,便没有再去深究。天德对他们的这份善意深怀感激。

　　搬到明坂藩的下藩邸后,天德与其他藩属力士共同起居,每天刻苦训练。但每逢过节,他总会回到澡堂露个面,献出厚重的节礼以报恩。

　　自从参加了大相扑比赛,天德在相扑界的地位大大提升。

　　那天也和往常一样,天德刚一踏进澡堂,千岁就从高台上探出身子,欢喜地喊道:"呦,这不是天德吗?"

　　"今天过节,我带节礼来了。"

　　天德把自己带来的钱纸包放在了高台上的供品盘里。那些纸包很重,里面像是装着不少钱。

　　"给我们这么多真的没事吗? 老头子总说你会不会是在外面借钱了……"

　　仙六夫妇当然是想多了,他们还不知道,天德的十五两补贴钱其实是付给了钉宫久藏。

　　"好不容易来一趟,洗个澡再走吧?"千岁盛情邀请道。

天德有些犹豫，但最后还是换下木屐，来到了更衣处。

脱掉身上的浴衣，天德走进了洗浴间，周围全都是他熟悉的面孔。

以前当搓澡工时，天德一直都是穿着兜裆布给人搓背。可现在，他却只有一条毛巾用来遮挡私处。虽说在洗浴间里这是理所当然的，但他还是感到一种莫名的羞耻。

"这不是天德吗？好久不见呀！"

正在角落里洗澡的阿富很快就发现了天德。

"你这小子现在可有出息了！就连我脸上都有光。来来来，先帮我搓搓背呗？"

高台上的千岁探身说："去你的，天德今天可是贵客。"

"我说着玩的，怎么能让未来的相扑大师给我搓背呢？我还不知道要付多少赏钱给他呢！"

阿富的话逗得洗浴间里的人们哄然大笑。

别的客人也纷纷上来和天德问好，亲昵地拍打他的胸脯和后背。

天德感到很不自在，于是匆忙钻过矮门，躲进了泡澡间。泡澡间里光线昏暗，白色的水雾缭绕其间。

为了防止热水大量溢出，天德先是把脚伸进浴池，然后才小心翼翼地坐了进去。他用双手捧起漫到腰际的热水，洗了把脸。

接着，他凝视起了自己的右臂。

除了指尖和掌心，手臂的其余部分都画满了波涛样的纹路。

这是伊武——久藏的那个机巧人偶画的。新手臂是那么精巧，和真正的肉体难辨真假。但天德自己心里清楚，这条手臂的表皮之下只有发着暗光的冰冷金属。

天德反复将右手握紧又松开，那感觉简直和真手完全相同，毫无异样。

甚至可以说，机巧手臂比原来的手臂更好使。

此时距天德从久藏处获得机巧手臂已经过去了数月之久。

人们都说，天德在大相扑比赛中的表现与以往大相径庭。

天德最擅长的抓脚招数，在参加大相扑比赛的各藩力士面前不过是雕虫小技，天德深谙自己的相扑水平还远不如人。

几场比赛接连失利后，天德在找久藏检查右臂时将心事和盘托出。

他问久藏能否把自己的臂力提升到常人的两到三倍，并答应以大相扑赛取胜后由藩支付的五两赏金作为报酬。

久藏尚未作答，伊武率先蹙眉道："那岂不是自欺欺人？"

天德的右臂此时就被随意地放在伊武身边的操作台上。

被刀砍过的断面不知是如何与机巧衔接的，但确定无疑的是，绘满刺青的假皮之下，是与肉身截然不同的光亮金属。久藏把夹在眼皮里的微型放大镜凑近那截手臂,两手拿着像耳挖勺一样的精细工具,默默地操作着。

伊武站在操作台对面,一边观察一边用细笔在纸上临摹。

那天久藏一言未发,但天德的右臂确实获得了增倍的力量。

这下不管用什么招数,只要天德使出右手,就能轻松撂倒各路壮汉。有一次,与天德扭打在一起的对手在他耳边悄声说了句"你是河边生的野种吧",天德勃然大怒,一气之下竟然死死掐住了对方的脖子。要不是行司及时制止,那对手差点就要一命呜呼了。掐住对方脖子的时候,天德的右臂仿佛有了独立的意识,脱离了天德的掌控。

如果乱了心智,机巧可能也会失去控制——

天德回想起了久藏的忠告。他将身体浸入浴池,思绪万千。

这时,一个声音在耳畔响起:"呀,天德,最近混得不错嘛。"

天德一看,只见白色水雾的尽头有一个人影。刚才没见有人从矮门进来,说明此人一开始就在这里。

"你那条胳膊是从哪来的?我当时确实是把它砍下来了啊!"

是清十郎的声音。

天德慌忙起身,整个浴池的水剧烈摇荡起来。

他想要逃走,可是出口处的矮门太低,体格巨大的自己只能匍匐通过。如果对方拿着短刀，这么做就等于任人宰割。

"你可把我害惨了。我被严刑拷打，老婆被卖到了十三阁，可爱的儿子被抓去做了人质！要是不能给个说法回去，我儿子不知道会被怎么样！本来卸你一条胳臂就可以完事的，但现在，你必须给我拿命来！"

说着，清十郎从浴池中站了起来。

他的手中握着一把二尺来长的短刀，不知是怎么带进来的。

"爹，快来泡澡！"

矮门外传来了一个小男孩的声音。

天德用背堵住矮门，准备在这狭小的泡澡间里与清十郎决一胜负。

清十郎用短刀对准天德冲了过来，天德推出右掌迎击。

沉闷的金属撞击音在泡澡间中回荡。

短刀的刀尖刺在了天德的右掌心，然而掌心没有流血，也没有被刺穿；相反，刀尖应声折断，弹向后方，正刺在清十郎的喉咙上。

嘶——天德听到了喉管被割破时的漏气声。

清十郎保持着手握刀柄的姿势，扑通一声栽倒在浴池里，溅起了无数水花。池中的热水涌起巨波，从池边哗哗溢出。清十郎瘦削的脊背朝向天花板，漂在水中一动不动了。

大事不妙。

天德连忙匍匐在地，从矮门往外钻。

洗浴间里平静如常。

矮门边上站着一个正要进去泡澡的小男孩，他伸出小手，拍了拍天德背后的长须鲸刺青。

见天德看了他一眼，男孩解释道："听说摸了天德哥哥背上的鲸，就能变强大！"

男孩露着小如橡实的私处，天真地笑着。

"哎呀哎呀，天德，多有得罪！都怪我家男人没看住他……"

一个小腹松弛、像是男孩母亲的半老妇女手不遮体地慌张跑来，不料中途脚下一滑，啪的一声跌坐在了地上。

洗浴间里的人们纷纷大笑起来，唯有天德一人面色苍白。

"……无妨。"

天德小声应了一句，便匆忙离开洗浴间，向更衣处走去。

"呀，这就要走了？"

高台上的千岁探身询问。

天德并不答话，湿着身体急急忙忙穿上兜裆布，披上羽织，从澡堂仓皇而逃。

"泡澡水怎么是红的？今天的是什么水啊？"

天德夺门而出的时候，听到刚才那个男孩发出了一声尖叫。

这下一切都完了。

天德怀着沉重的心情走在傍晚的街道上。

不出两三天，官衙大概就会下令缉拿他这个杀人犯。明坂藩的下藩邸他是再也不可能回去了。

他杀的是长吉的手下，所以长吉应该也会派人来追杀他。

更糟糕的是，如果天德在大街上走动，路过的行人经常会喊出他的名字，或者直接凑上来摸他的身体，这样就太容易暴露行踪了。

天德向着人烟稀少的方向走去，不知不觉又来到了雁仁堀。

这里正好可以暂作藏身之处——天德想着，踏上了一艘浮在岸边的小船。小船有如秤砣上秤，剧烈摇晃起来。粪汤般浑浊的水面漾起了层层波纹。

小船的船舱很窄，低矮的木板舱顶之下只够放下一张床。天德缩着肩膀走进去，顿时闻到一股鱼油灯的腥臭。

灯光照在一个女人的身上，天德看到她时心中一惊。

虽然不知道确切年龄，但从外表来看，她应该已经是一个七八十岁的老妪了。她身上只披了一件单薄的里衣，脸抹得如面具般惨白，嘴唇上涂着浓艳的红。她的长发几近全白，而且已经掉光了一大半。袖口和胸前露出的皮肤上长着许多瘀斑和脓包。

显然，她患上了某种重病。

"哎呀呀，好壮的一个男人，我能行吗？"

老妪故作娇媚地说。

"我只想借此处藏身一晚，还望担待。"

天德从包里取出几块金子，递给老妪。

"哎？"

天德本以为老妪会扑到金子上，没想到她却目不转睛地盯着天德看了又看，讶异地歪着头说："我好像在哪儿见过您……"

天德心中暗暗叫苦——怎么会连雁仁堀的卖春女都认得自己！

"我虽然现在又老又丑，可以前，也是十三阁的上层游女呢……"老妪的话越说越偏，"我不幸怀上了相好的孩子。我染过梅毒，本来是不能要孩子的，但我还是想把他生下来。十三阁的老板娘骂我打我，我腹中的孩子还是奇迹般地活了下来。他可真顽强，不管别人怎样踢打我的肚子，都没有让我流产。可也正是因为这个，我沦落到了十三阁的最底层……"

她的病可能已经深入脑髓了，天德想。他翻身上床，躺在散发着霉臭的床单上，假装听着她的自说自话。

"那个小家伙块头可真大，临产的时候，我的肚子鼓得活像一轮满月！那段时间，我好几次都梦到自己的腹中睡着一头巨鲸……"

天德大惊,愕然坐起。

"我不忍心就这么让他生活在十三阁的河边,于是把他托付给了一对开澡堂的好心夫妇。也不知道那孩子现在怎么样了……"

老妪闭上双眼,垂下了头,眼角闪着泪光。

天德细细观察起面前这个老妪,震惊地张了几下嘴。正要说什么的时候,他的右臂突然不听使唤,乱动起来。

这右臂一把抓住老妪细软的脖颈,将她压倒在了床上。

老妪被掐着脖子,干咳着呻吟道:"大人,您喜欢这样子呀……钱已经付过了,不用着急,我们有一整夜的时间可以好好……"

"不是的!"

天德用左手拼命握住掐着老妪脖子的右手,想要把它掰开。不知怎么回事,这场景和他在土俵上掐对手脖子的时候如出一辙,右臂在不受控制地自主行动……

最后,老妪大声地呻吟起来。她开始拼命挣扎,小船也跟着剧烈摇颤。

一番搏斗之后,天德终于掰开了自己的右手,慌忙从狭小的船舱跑到了月光下。

"找到了! 是天德!"

小船边的河岸上晃动着许多人影, 几束提灯的光照在了天德身上。

他们像是长吉派来的追兵。想必是看到小船摇颤正觉奇怪, 没想到要找的天德正好从那里跑了出来。

天德用自己的机巧右臂撑着石堤, 巨大的身体腾空而起, 跳上岸来。

追兵中的一人挥刀劈向天德。天德将那人的刀刃一把捏碎, 同时, 坚硬的右臂内侧如棍棒一般重重打在了对手的咽喉处。随着颈椎断裂的触感传来, 那人的身体向后旋转一周, 头朝下栽倒在地, 一阵痉挛之后便僵直不动了。

其他的追兵蜂拥而上。

一把一尺来长的短刀深深地刺进了天德的腹腔。

天德的右臂依然在不受控制地狂舞。他用左手猛然拔出插在腹部的短刀, 对着自己的右臂一通乱砍, 试图将其斩断。昏暗夜色中唯见火星迸溅。很快, 短刀便断裂开来。

追兵们见此异状丧胆而逃, 只剩天德独自一人倒在血泊之中。

那把短刀似乎刺中了内脏, 天德血流不止, 意识逐渐模糊。船上的老妪不知发生了什么, 但她还是死命地拖着天德往船舱里爬,可惜才爬到一半就耗尽了力气。

七

"《匣中天德》?"

葵屋的掌柜不解地皱起了眉。中间人刚刚为他带来了戈尹斋的新画。

"这到底是什么意思?他在开玩笑吗?"

画题里的确有天德,但画面中央却只有一个厚厚的方匣子,形状酷似围棋盘①。匣子四周画着它的平面展开图,上面细致入微地刻画着齿轮、弹簧等各种精细的机巧部件。画面中央的匣子上有一个透明且遍体褶皱的水母状物体,尤为引人注目。整幅画既无风韵又无神采,很难想象是出自戈尹斋之手。

"如果不喜欢的话就算了,戈尹斋如今已无心作画。"

"他是不是想另找别的发行商?"

面对一脸狐疑的掌柜,久藏摇头不语。

久藏不顾掌柜的挽留离开了葵屋,向家中走去。走着走着,他陷入了沉思。

起初,他只是让伊武去观察行刑现场和尸体解剖,临摹人体

---

① 日本传统的棋盘外形类似于一个有四条腿的木箱。

的骨骼和内脏。

伊武的精湛画技让久藏倍感惊奇，便派她去澡堂里观察男女老幼的裸体，回家后凭记忆绘制出来，以用作机巧人偶的制作参考。这些画不包含丝毫的主观感情，只是原封不动地记录现实中的场景，但看起来却独具魅力。

久藏好奇内行人看到这些画会做何评价，于是挑选了几张迎合市场的裸女画，以中间人的身份来到了葵屋——这就是戈尹斋的由来。

为了暗示这些画并非真人所画，久藏将伊武的"伊"去掉了"人"字旁，又以类似的方式去掉了"武"中的"止"字。之后再把两个字顺序一换，就变成了"戈尹"这个名字。

奇怪的是，从某个时期开始，伊武就只画天德了。

久藏详查后得知，原来那个名叫天德的下等力士，正是伊武所去那家澡堂的搓澡工。

发现伊武会自主选择画题后，久藏故意没有干涉，任她去画想画的东西。

人们总说，像人的东西皆有灵气。久藏此前的种种经历也似乎印证了这个说法。

但即便如此，久藏还是相信，那些所谓的"灵气"不过是机巧的一部分。因为他知道，自己制作的机巧内部可能会混入一些不受掌控的部件。

机巧不可能有灵魂。

久藏一直是这样以为的，可是——

回到家后，他看到伊武正斜倚在那个棋盘状的四腿方匣上，甜甜地睡着。

不，她只是像是睡着了。实际上不过是闭着眼睛，一动不动而已。

伊武是在雁仁堀的卖春船上找到天德的，当时他已经奄奄一息。

天德的机巧右臂不知所踪，被刺伤的腹部已经溃烂，上面爬满蛆虫。所幸的是，他还剩下一口气。

虽然很难说那个病入膏肓的老妪好好地照顾了天德，但这毕竟是凶险的雁仁堀，如果直接把他扔在路边，说不定他早就被人取走了性命。

现在，天德被做成了这个匣子。

虽然用权宜之策保住了天德的命，但这样的人还能算是人吗？久藏陷入沉思。

"伊武。"

听到久藏的声音，伊武突然睁开了双眼。

一个是没有生命的人偶，一个是只有生命的匣子。

真是一对有趣的组合,久藏想。但如果只能选择一个去爱,他大概哪一个都不会选。

这时他才突然意识到,人在爱上另一个人的时候,爱的既不是对方的身体,也不是对方的生命,而是别的什么东西。

但那个东西到底是什么,久藏怎么也想不出来。

"……刚才,我做了一个梦。"

"机巧怎么会做梦?真是荒唐。"

久藏席地而坐,冷冷说道。

"梦里我变成了一头鲸,在大海里遨游……"

说完,伊武轻柔地爱抚起了怀中的方匣。

神代忒修斯

太鼓桥跨河而建，直通河心的中洲观音寺。桥宽十间，因此也被称为"十间桥"。

站在桥下，需要仰望才能看到高高拱起的桥峰，前来参拜观音的人们络绎不绝，宛若无数细小的人偶。

田坂甚内迈步上桥。由于临近入海口，空气中弥散着淡淡的海潮味，朱漆护栏上有海鸟随处小憩。

甚内在十间桥的桥峰驻足俯瞰，五六间之下的河面上，一只摊放着渔网的小船顺流而下。

接着，甚内看向大桥彼端的中洲观音寺。

寺院的建筑布满了整个中洲小岛，一条参道^①与桥面相接，

---

① 为参拜神社佛寺而修建的道路。

串接起了两层楼高的梵天门、直插云霄的五重塔，以及铺着镶金瓦片的观音殿。

一个身着旅衣的老妪与甚内擦身而过，看上去是个远道而来的虔诚信徒。她不避路人的目光，直接在桥上跪了下来，手捻佛珠默默祈祷。

初来乍到的人，一定会被跨过桥时看到的庄严一幕深深震撼，以为那就是传说中的极乐净土。

但甚内却不以为意。中洲观音寺虽然看上去金碧辉煌，却很难让他喜欢起来。

走下十间桥，便是挤满了参拜客的商铺街。甚内径直穿过熙攘的人群，丝毫没有往旁边多看一眼。

今日的来客尤其多。

每月初午日，中洲观音寺都会开办庙会，并遵照惯例举行一场人偶戏展演。因此，爱凑热闹的人们会在这一日蜂拥而至。

钻过巍峨的梵天门，甚内来到了人声鼎沸的广场上。

广场的东西两侧各停着一辆设有人偶戏台的双层花车，它们正在静候出场。

甚内穿过嘈杂的人群，向观音殿走去。出乎意料的是，这里的来客竟寥寥无几。

他在参道旁的百度石① 前停下了脚步。

与视线齐平的位置上，白色石柱像方形灯笼一样四壁镂空，每一面都插着几根串有神签的铁棒。这种组合就像"算盘"，参拜者可以通过拨动铁棒上的神签，记录自己参拜的次数。

甚内面前的"算盘"已然被动过了。

他抬头望向观音殿，要找的女子果然就在那里。

她穿着那件很好辨认的红色小袖，乌黑的长发用簪子高高盘起，裸露的后颈白皙得令人窒息。

甚内已经查明，这个女子名叫伊武。

她居住在幕府精炼方技师钉宫久藏的宅邸，但不知是久藏的家人还是侍女。久藏没有妻子，而且也没听说过他有女儿。

每次到河边来办什么事，伊武都一定会来中洲观音寺进行百度参拜。

从百度石上的"算盘"记录来看，她的参拜即将完成。

为了不惊扰到她，甚内站在远处耐心等待。

伊武参拜完后原路返回，与在百度石边的甚内迎面相遇，不

---

① 日本有一种在一天内参拜同一座神社或佛寺一百次并祈愿的习俗，据说此种参拜方式更加灵验。参拜者从寺社入口处走到拜殿或大殿完成参拜动作即计算为一次，重复此过程一百次方可结束。所谓百度石即放置在寺社入口作为折返标记的石头，有时上面会附有辅助参拜者计算次数的石子、竹签等。

禁面露疑惑。

"大人找我何事？"

她的双瞳像墨绿色的玛瑙一般通透无瑕，又深邃得惹人沦陷。

只见她不慌不忙地伸出纤白的手指，将"算盘"一端的最后一张神签拨向了另一端。这是甚内第一次听到伊武的声音，比他想象中的要低沉稳重。

"你好像常来这里参拜？"甚内努力让自己的语气镇定如常，就好像是在和对方闲聊一般，"我总是看到你，所以有点好奇。"

"是吗？"伊武似乎心存疑虑。

"啊……其实是因为我在故乡有个妹妹，你和她长得很像。"

"大人尽管编，我是绝不会上当的。"伊武说着，嘴角扬起了一抹浅笑。

"我说的句句属实！今日小商小贩都出来了，我请你吃团子如何？"

"好啊，"伊武整了整红色小袖的襟口，"这还是第一次有男人主动来和我说话。"

虽然嘴上同意，但伊武的表情似乎并不兴奋。

上钩了——甚内心中暗喜。

两人沿着参道折返回广场。行走间，甚内回想起了一个月前被幕府悬砚方①长官召见时的场景。

"暗查精炼方的资财流?"

跪伏在地的甚内抬起头,端坐在前的悬砚方长官柿田阿路守轻轻点了点头。

"每年,世袭贝太鼓役一职的芳贺家都会把一千五百两公银拨给精炼方,而且无人过问个中缘由。"

"您想让我去调查此事?"

甚内是一名公府密探。幕府官吏若未经许可擅自派密探调查这种无人敢过问缘由的事,一经发现必将被定罪论处。

柿田这是在派甚内做私家密探。

"只要能抓住他们一个小把柄,就能让他们听命于我。哼,区区一个贝太鼓役,何足为惧!"

柿田说罢,用指尖扯了扯长如须发的白眉——这是他心焦气躁时的怪癖。

顾名思义,"贝太鼓役"指的就是两军交战时用法螺贝和战鼓奏乐的官职。从天府设立时起,这个职位一直由芳贺家世袭。然而如今战乱已平,贝太鼓役便赋闲在家,只需在每年举办一次

---

① 相当于掌管财务的会计部门。

的鹰猎①大会向大将军交差便可。至少,在平民百姓和大多数幕府重臣看来是这样。

悬砚方掌管着幕府的财政大权,但是若论家世,还是比贝太鼓役略低一等。每当贝太鼓役来索要公银,悬砚方都不得不如数奉上,柿田已经为此苦恼多年。

公府密探本是直属于幕府大将军,但由于这一部门的存在未对外公开,所以无法直接领取俸禄。于是,这群人只好藏身于各个幕府机关暂任闲职。甚内便是以侍从的身份仕于悬砚方的公府密探。

一旦幕府面临什么内忧外患的大事,这群人又会作为密探在大将军的号令下重新集结起来。然而若没有战乱,他们便失去了存在的意义。从这一点来看,公府密探和贝太鼓役倒是有几分相似。

"你可听说过钉宫久藏?"

面对柿田的发问,甚内摇了摇头。

"他是精炼方的技师。"

"技师?"

甚内从未听过这个官职。

---

① 将人工饲养的猎鹰放入山中进行狩猎的活动,是日本古代高官贵族的爱好之一。

"似乎是专门负责研制机巧的。他有一座配给的宅邸,我怀疑被转移的公银就藏在那里。"

捏造一个有名无实的虚职,借此来囤蓄钱财,这倒是很有可能。

"属下明白。"

甚内离开柿田府的时候,日头还高高挂在天上。

夏季未到,竹林里却已满是蚊虫。甚内快步走下竹林间的长长坡道,赶往钉宫久藏的宅邸。

中途,天上下起了淅沥小雨。天助我也——甚内心想,雨恰好可以帮助自己隐匿行迹。他把头上的斗笠压低遮住眼睛,冒着雨,迈开脚步向着目的地行进。

钉宫宅邸地处偏僻,与各藩大名的下藩邸一河相隔。和甚内所听闻的一样,宅邸的面积相当之大。越过围墙向内望,主宅之外似是还有一座更为宽阔的别邸。

甚内绕着宅邸的外墙转了一周,最后还是决定暂且返回,另做打算。宅邸四周荒无人烟,别无他物,若无要事前来而只是东晃西晃,反而会引人生疑。

从墙角探出头时,一个人影忽然从眼前闪过,甚内急忙刹住脚步。

只见一个撑着红伞的女子走出了钉宫宅邸的大门。

她就是现在站在甚内眼前的伊武。

中洲观音寺的人偶戏即将开演。

花车上的戏台约有三间高，顶部架着一根长约一间的槽管。

在广场的东侧和西侧都设有戏台，戏台旁配有铺着毛毡的演奏台，供乐师们在上面吹笛拉琴。

忽然，东侧的戏台发出一声弹响，三尺高的童子人偶一个后空翻越过槽管，在看客面前亮了相。

群集的看客高声叫好。

童子人偶身穿饰有金银丝线的华贵素袄[1]，腰间配着太刀。

这时，只见上方的槽管忽地转向，童子人偶旋即挺直身体，从腰间拔出刀来。其间的机巧传动复杂精巧，甚内看了不觉暗暗称奇。

他转头看向身边的伊武。

不知为何，伊武正一脸落寞地看着戏台上飞翻的人偶，眼神里似乎带着几丝怜悯。

公府密探的直觉告诉甚内，此女必定非同一般。只是，他现在还说不好自己为何会这样想，毕竟他也是第一次产生这种感觉。

---

[1] 日本男性的一种传统服装，江户时代的下级武士将其作为礼服。

乐音响起，西侧的花车也开始了表演。

踩着大鼓低沉的鼓点，一个身穿黑袈裟的人偶出现在了戏台上。

这个人偶身长四尺，装扮没有东侧的童子人偶那样华丽。只见它摇头晃脑、一步一顿地走上前来。它的相貌也没有童子人偶那般清秀，剃光的头顶加上满面髭须，使这个人偶看上去十分粗鲁。它手握长刀，背上负着钢叉和铁棍。

两位主角都登场后，两侧的花车开始向中央驶去。

看客们为花车让出道路，等待两侧的戏台慢慢合拢。两根槽管就要对接在一起时，两个人偶提起太刀和长刀对打起来。

甚内拍手叫好。他此前一直听闻这里的人偶戏十分精彩，却没想到竟能演得如此传神。刀刃相碰时，空中居然真的迸射出了线香烟火一般的火花。

戏台下站着一个头戴乌帽子的男人，他紧盯着台上酣战中的人偶，像军师一样握着小旗发号施令。其实，他是在对着戏台的下层发号施令——那里藏着数十名人偶师，以及他们操控人偶用的无数条绳索。

最终，穿素袄的童子人偶将穿袈裟的四尺人偶一刀斩杀，整场表演就此落幕。

群集的看客三三两两地散开，甚内和伊武也顺着人流向十间桥走去。

伊武突然开口问道："大人知道我是钉宫家的人，所以才上来搭话的对吧？莫非是想打听什么？"

"啊不，这个……"甚内被问得哑口无言。他不知道自己被这个女子看穿了多少，只好设法搪塞。"算了算了，我坦白。我对你一见倾心，所以一直都在跟踪你，想找个机会和你搭话。你好像是钉宫大人的女儿……"甚内装作色眯眯的样子答道。

"我不是钉宫大人真正的女儿。"伊武歪着头，略显伤感地说道。

"那……"

"钉宫大人对我很好，但他始终没有把我当成女儿。我正在对观音菩萨许愿，希望有朝一日能真的变成他的女儿。但我也知道，这是不可能的……"

"这样啊……"

甚内一时语塞，不知该说些什么。

二

"近来可不太平静啊……"梅川喜八沉吟道。

"此话怎讲？"

"去年年末，牟田藩被改易了吧？"

甚内点了点头。

天府城本丸①一角，地面铺着洁白的石子，甚内和喜八正在这里交谈。日朗风和，喜八站在细木梯上，用大剪修裁着花果尽凋的梅花树枝。

甚内身着便服，帮喜八扶着木梯。

公府密探的一大要务是守城，但在没有战乱的和平年代，他们的职责最多是干干巡逻、警备这种有名无实的杂务。

目前常在城中执岗的密探，就只有梅川喜八一人。

喜八是一个慈眉善目的矮小老人，无论何时都满脸堆笑。像他这样的人身穿便服、手持扫帚在城中闲逛，绝对不会有人留意。

由于喜八好管闲事，城中之人上至将军家眷、下至侍从女官，都与他私交甚密。不过，他的真实身份是公府密探的头子。

"我从斗蟋督察官那儿听说，是因为有人用机巧蟋蟀参加去年的大斗蟋会，被揭穿后引起了骚乱。"

喜八两手握着大剪，动作细致地将枝丫一根一根地剪掉。

甚内对能耳听八方的喜八心服口服。

---

①日本的城郭由本丸、二之丸、三之丸等数个部分构成，本丸即主城，是一座城的中心区域，天守阁即位于其中。

由于雇主不同，公府密探平时所查的案件也各不相同。由于利害关系可能会互有牵扯，就算对方是同僚，他们也不会轻易透露自己正在执行的任务。

唯有一人例外，那就是喜八。身为密探头子，他大致掌握着手下所有密探手头的案情进展。按规定，密探们需要每隔几日就到天府城进行警备巡逻。无论在查案中遇到什么疑问，只要在进城巡逻时趁机告诉喜八，下次见面则一定能得到相应的解答。

因此，很多密探进城并不是为了巡街和干杂务，而是专门为了请教喜八。有的密探来见喜八的次数甚至比规定的执岗天数还要多。

喜八这个消息源固然重要，但如何处置自己得到的情报，完全取决于密探本人。就算是喜八，也不会把案件的暗查者和暗查缘由轻易告人。

"在斗蟋会上，起初大家怀疑那只蟋蟀是药虫，没承想，有人当场证实了它的肚子里全是机巧……"

斗蟋本是天帝家的游戏。然而现在，不仅是幕府官吏，就连市井百姓也开始用它来进行赌博。

"牟田藩就是因为这个被改易的？"

"很有可能。"喜八修剪着枝丫说。

用机巧蟋蟀参加幕府的大斗蟋会，此事前所未闻。

"举发舞弊的是牛山藩一个姓江川的藩士①，事发之后他便不知所踪了。"

事情好像有些蹊跷。

这时，几个腰配双刀、像是在天府城执勤的官吏谈笑着从甚内和喜八身边走过，丝毫没有留意这二人。

喜八总是能用一副聊闲天的样子谈论重大机密，那口吻仿佛聊的不是机密，而是今天的天气，或者午饭吃什么。估计那个向他泄露内情的斗蟋督察官，也已经忘了自己对他说过什么。

"那个姓江川的藩士失踪前，曾多次和钉宫久藏前往十三阁。"

十三阁，就是位于天府郊外的那个四面临水的青楼。

甚内扫净地上的断枝，向喜八付过谢金，离开了天府城。

喜八的话让甚内耿耿于怀。若非亲眼见到，很难想象蟋蟀那么小的虫子竟然能用机巧以假乱真。掌握这门绝技的工匠真的存在吗？

甚内想起了前几日和伊武在中洲观音寺看的人偶戏。

虽然对机巧人偶的制作了解不深，但甚内在做密探后很快便得知，这门技艺最初是从比嘉惠庵在卯州创办的一家私塾流传开的。

---

① 隶属于藩的武士。

由于一起案件，"比嘉惠庵"这个名字在公府密探之间无人不晓。

大约三十年前，惠庵创办了一所名叫"几戒院"的私塾，专教舍密、电气和机巧，无论老幼皆可入学。

他的弟子很快便超过了一百名，卯月藩见此盛况鼎力资助，各藩的名门子弟也纷纷慕名而至。

然而出乎所有人意料的是，惠庵借此机会集结了一批对幕府心怀不满的浪人①，让他们与侧近的弟子一起，暗中研制了大量的秘密武器。其中包括不需要点火的枪炮，还有很多用途不明的器具。他们将这些武器小心藏匿起来，虎视眈眈地策划着一场倒幕运动。

不料，由于一名浪人叛变告密，整个倒幕计划最后以失败告终。

惠庵遭到官衙缉捕，被斩首示众。他的大部分弟子也没能躲过同样的厄运。

几戒院里的大量书籍、图纸和机巧被统统查抄。也正是这些资料器具，为后来精炼方的发展奠定了根基。

现在，它们应该还保存在幕府精炼所中精炼方的官邸或仓库里。

---

① 脱离藩籍、居无定所的武士。

与世袭的贝太鼓役不同，精炼方的职位必须由直属于大将军的旗本①或老中②担任，悬砚方长官柿田阿路守也属此类。因此，钉宫久藏这种与政界无关的机巧师，是不可能在精炼方担任要职的。甚内还在暗查中发现，由于地位特殊，精炼方长官仅在近十年内就替换过两次。相比之下，身为技师的钉宫久藏在精炼方待得更久。

与其直接调查精炼方，还不如先去暗查钉宫久藏的底细，以及他和比嘉惠庵的关系——甚内一边这么想，一边不由自主地向中洲观音寺走去。

伊武看人偶戏时露出的落寞神情又浮现在他的脑海。

跨过十间桥，钻过梵天门，空荡的广场已经没有了前日的喧闹。

甚内来到观音殿的百度石前，盯着上面的"算盘"看了一阵——今日好像还没人动过它。

他此刻的心情十分复杂，既松了一口气，又感到些许失落。

其实就算见到伊武，甚内也不知道该说些什么。他不想每次都像上次那样假惺惺地搭讪，可还是难以抑制想要见她的心情。他只想远远地看她一眼，哪怕不上去说话也行。

---

① 直属于将军的下级武士。
② 幕府重臣，通常设置多名。担当职务很广，涉及内政外交。

甚内没有继续向前走，而是决定原路返回。踏上十间桥的那一刻，眼前的景象让他愕然止步——

天府市街的遥远彼方，幕府精炼所中两根反射炉的烟囱，正冒着滚滚白烟。

"你……想问比嘉惠庵的事？"

名叫松吉的男人忐忑不安地抬眼看着甚内问。

甚内与松吉会面的小饭铺，靠近尽人皆知的凶险地带雁仁堀。这里脏兮兮的，整个店面像是用污水里漂来的木板搭成。

"说话客气点！咱们可是吃着甚内大人的哩！"

一旁的佐山半兵卫用力踢了一下松吉的小腿，松吉吓得缩了缩肩膀。

半兵卫是奉行所①的捕快，不过在做捕快之前也干过偷鸡摸狗的勾当。

这种人最爱做墙头草，自己一当上捕快，立马就能拿着十手②向曾经的同伴索钱。

虽然心生厌恶，但甚内还是一言不发地拿起残破的酒碗，喝了一口浊白的酒。只要给点好处，这种人就会变得格外听话，所

① 日本江户时代的幕府机关，职能类似于今天的警察局。
② 一种棍棒状武器，金属制或木制，握柄上方有挡刀刃的钩子。江户幕府时期的奉行所人员常用其制服犯人，作用类似现在的警棍。

以也未尝不可一用。

"长吉老爷那边我已经打点好了,您尽管问他便是!"

半兵卫说罢哈哈大笑,用拳头重重捶了一下松吉的背。

长吉是一个尽人皆知的大恶棍,从雁仁堀一直到莲根稻荷神社,天府将近一半的地盘上都蔓延着他的势力。

比嘉惠庵一案事发后,被牵连的人里有几个侥幸逃过了斩首,被削去宗籍放逐山野。

甚内推测,这些人中应该会有人去投奔长吉。于是,他出钱派半兵卫去长吉处寻找,找来的人便是松吉。

松吉如今在长吉手下过着乞丐一般的生活。他以前进过几戒院,说明也曾是一名真心求学的士子。

然而,现在的松吉却面黄肌瘦,神采全无。两个向前凸出的眼球像是被扔进了黄鼠狼巢穴中的白兔,畏畏缩缩地四下乱转。久未打理的额顶已经生出稀疏的白发。

"我又不会吃了你,放松点。"

甚内说着,往松吉面前的碗里斟满了酒。

其实,甚内并没指望能从松吉口中打探到什么惊天的秘密。

此人既然能被免除死罪,只被削籍放逐,说明他与惠庵策动的倒幕运动并没有太深的牵连,掌握的内情应该不多。

"大人给你倒酒了,还不快快道谢把它喝干?! 真急人!"

　　见松吉盯着斟满的酒碗不说话，半兵卫高声怒斥，同时在桌子下面又狠狠踢了一脚松吉的腿。松吉既不躲闪也不反抗，只发出了几声沉闷的呻吟。

　　"你这样叫我们怎么说话？给我安静点！"

　　甚内心头火起，压低声音威吓半兵卫道。

　　半兵卫自讨没趣地赔笑着，拿起桌上的酒壶，到旁边的酒桌去找聚饮的泼皮们打嘴仗了。

　　"此人无礼，你休要见怪，我要问的并不是什么大事。听说你曾在几戒院学习过，我只想打听一下当时的情况。"

　　半兵卫已经和旁边酒桌上的泼皮对骂起来。

　　松吉好像有些害怕，但甚内懒得去调停，依然目不斜视地看着松吉。

　　"大人……是奉行所的人？"

　　"不，我的身份目前还不能挑明，你只需知道我正在为某些事稍做访查。"

　　旁边酒桌上的泼皮们眼看就要动手开打，结果刚要抄起家伙，又立即安分了下来。

　　想必是半兵卫露出了他腰间的十手。

　　甚内向旁边瞥了一眼，半兵卫正一脸坏笑着与气急败坏的泼皮们重新落座。

做捕快的人大多都是这副德行——故意寻个事端挑起争执，等大家吵嚷起来大打出手，再露出十手威逼索钱。他们用勒索来的钱财大吃大喝、寻欢作乐，但迟早有一天会招来报复，横尸雁仁堀。甚内遇到过不少这样的人，就算半兵卫重蹈了覆辙，也和自己没有半点干系——他的替代品数不胜数。

"我对几戒院了解不多，听说机巧人偶是比嘉惠庵的发明？"

甚内的问话让松吉陷入了沉思。

旁边的半兵卫命令泼皮们给自己斟酒，然后滔滔不绝地讲起了自己缉拿犯人的"光荣"事迹。

终于，松吉缓缓开口道："我刚进几戒院不到一个月，那件事就发生了。"

甚内暗暗咂舌。

也就是说，松吉几乎是在一无所知的状态下被卷进了倒幕案。

甚内对松吉的不幸深感同情，但同时也为自己这番奔波的徒劳而感到沮丧。

"'不知其机巧巧之如何'……"松吉低声默念。

"哦？什么？"

甚内正欲细听，旁边的半兵卫突然爆发出一阵狂笑，周围的泼皮们也纷纷笑着附和。

"你们这帮狗东西吵煞人了！给我闭嘴！"

甚内高声呵斥道。

在面对泼皮无赖时，为了表现自己的身份与他们有别，甚内会刻意避免使用粗言秽语，但现在他实在是忍无可忍。

这句呵斥出奇地奏效，半兵卫瞬间消停下来，整张桌子安静得仿佛是在守灵的晚上喝酒。

甚内调整呼吸，恢复平静后继续对松吉说道："我方才没听清，你再说一遍。"

"惠庵当时在奉天帝的旨意调查'神代之神器'。"

"哦？"

甚内颇为好奇。他曾经略有耳闻，"神代之神器"是天帝家祖传的象征帝位的器物，但却不知它具体是什么。

"惠庵描述那件'神器'时说：'不知其机巧巧之如何。'"

"这么说，'神器'是某种机巧？"

"小人不知。"

"再饮几碗如何？"

松吉碗中的酒几乎一滴未减，但甚内还是让满脸麻子的婢女端上了新酒，然后拿过酒壶又要往松吉碗里倒。

酒壶刚刚斜下去，松吉就端起碗来一口气把酒喝干了。旁边的半兵卫指着松吉哈哈大笑，但被甚内瞪了一眼之后又立刻老实下来。

"惠庵每隔一两月就会被天帝召进京城一次。我听师兄说，师父就是在验看'神代之神器'时学会了如何制作机巧人偶。"

"原来如此……"

甚内点了点头。

每当天干地支时隔六十年轮回一次，天帝家就会把皇宫整体搬迁到新址。所谓"京城"，指的是皇宫当时的所在地。

上一次迁宫是在三十年前。从遥远的神代时期至今，天帝家一向只由女子世袭帝位。然而近年颇为古怪——天帝家就像是被施了诅咒，很久都没有过女孩出生了，新出生的婴儿全是男孩。当时的人们甚至传言，若再这样下去，天帝家就只能将帝位让给旁系血亲中的女子。所幸，现今的天帝出生并继承了帝位。不过，这位天帝体弱多病，很少在人前露面。

没想到，在追查钉宫久藏的底细和牟田藩改易一案的过程中，线索的走向越来越扑朔迷离。

从几戒院查抄的机巧类秘籍大多都保存在精炼方。那里很可能隐藏着与天帝家相关的重大机密。

若果真如此，这将是一个非常棘手的案件。事情远非悬砚方的柿田阿路守想的那样，只是私吞公银或幕府内斗那么简单。

直觉告诉甚内，精炼方和底细尚且不明的钉宫久藏背后藏着一个惊天的秘密，而且贝太鼓役也牵涉其中。

"'不知其机巧巧之如何'……"

甚内低声重复着那句话，就像是在念一句咒语。

让比嘉惠庵这等天才都"不知其如何"的机巧，究竟是何等神物？

"难不成……牟田藩改易一事和惠庵有关？"松吉猝不及防地说道。

"此话怎讲？"甚内反问。

松吉显得有些难堪，一边观察甚内的脸色一边说："大人有所不知，倒幕一案平息后，向幕府告发惠庵密谋倒幕的那个浪人当上了牟田藩的藩士！"

这则情报完全出乎甚内的意料。他曾经暗查过牟田藩是如何将机巧斗蟋弄到手的，但始终没有结果。若真如松吉所言，牟田藩也许是在不知情的状态下被暗中调换了蟋蟀。

听说在被怀疑使用药虫的时候，牟田藩的人自信满满地将蟋蟀放进水里，主动接受督察官和裁判官的检验。仅从这一点，就应该能推测出是有人故意用机巧蟋蟀陷害了牟田藩，使其惨遭改易。甚内此前从未料及这种可能。莫非，这是惠庵曾经的弟子干的？

"你说的我都记下了，多谢。"

甚内说罢，起身告辞。

三

精炼方技师钉宫久藏。

住在钉宫宅邸里的神秘女子伊武。

比嘉惠庵的倒幕案、牟田藩的改易。

天帝家代代相传的"神代之神器"……

暗查精炼方资财流的过程中，甚内遇到了越来越多的新谜团。

"'不知其机巧巧之如何'……"

最让甚内好奇的，是所谓的"神器"到底是什么。

比嘉惠庵虽说是密谋倒幕的大罪人，但同时也是把机巧技艺弘扬于世的有功之人。

他不是武士，只是一介书生，这样的人竟敢公然谋逆，会不会是受到了"神器"的指引？

惠庵被捕后，几戒院里的机巧图纸都被收入了精炼方——甚内以为，自己有必要暗闯一番精炼方了。

若说机巧技艺是惠庵从"神代之神器"中学来的，那就意味着天帝家的秘密已经败露了端倪。

只不过，这个秘密或许只有惠庵这等饱学之士和精通技艺的机巧师才能看懂，甚内就算有缘得见，也不一定能领会其中的门道。

甚内走在去往悬砚方长官柿田阿路守宅邸的路上，思量着该如何禀报查案进展。

经过这几日的明察暗访，柿田在意的公银去向依然不明，棘手的谜团反而徒添了许多。

柿田宅邸位于一条名为"猫地藏坡"的长坡道上。

太阳已经落山，月相成朔[①]，让这里的黑暗比以往更加深重。

甚内沿着坡道疾步前行。

来到柿田宅邸后，甚内本想一如既往地招呼家仆为自己通报求见，然而院中的气氛却似乎有些异样。

甚内心下生疑，暂且退出大门外，绕到了宅邸后方。从这里也看不到宅邸中有一丝光亮。

他从宅邸后方篱笆墙的缺口处翻入后院，发现厨房的后门并未上闩，而是大大敞开着。

走进昏暗的厨房，只见一个婢女面朝下栽倒在了灶台前的泥

---

① 每月农历初一，月球恰好运行到与太阳黄经相等，地面观测者看不到月面任何明亮的部分，这时的月相叫"朔"。

地上。她身上的衣服已经被赤黑色的血液浸透，显然已经咽气。

甚内急忙逃出弥漫着血腥味的厨房，奔入主宅。谁承想，这里的血腥味不但没有减淡，反而愈加浓烈。

直觉告诉他，死的不只是一两个人。柿田一家很可能已经惨遭灭门。

甚内来到柿田惯用的书房，拉开了隔门。

眼前的景象凶残异常，让见惯了人血和尸首的甚内都不寒而栗。

行将熄灭的灯笼发着幽光，柿田阿路守惨死在地上。

他前胸贴地，脸却扭向了屋顶。或许是为了确保他彻底断气，凶手几乎将他的脖颈完全斩为了两节，只剩下了一块薄薄的皮连着头和身体。地上、白墙上、屋顶上，全都是喷溅出来的血迹。

从柿田的伤口来看，他是被人从背后一刀砍在脖颈上的，死的时候连喊叫的工夫都没有。这种杀人手法非同寻常，不像是普通强盗所为。

血腥味如此之浓，行凶时间应该已经过了一个时辰以上。周围没有出现骚动，说明凶手没给柿田家留下一个活口，宅邸中的人已经被斩尽杀绝。看来这是一场有计划的屠杀，一开始就没打算放跑任何一个人。

看到这干净利落的手法，甚内猜想凶手恐怕是和自己一样的幕府密探。

甚内托着下颌，思索着柿田遇害的原因。他唯一能想到的，就是柿田私下派自己暗查的这起案件。也许有人在秘密监视着悬砚方的一举一动，然而就算是问喜八，他大概也不会向自己透露口风。

这时，外面的大门突然被猛砸了一通，一个熟悉的声音传了进来。

"我是西町奉行所的捕快，佐山半兵卫！官衙派我等前来察看，府上可有人哪？若是没人答应，我可就要撞门了！"

中计了！

甚内屏住呼吸站起身来。

这伙人来的时机未免太过凑巧。一定是有人看到自己走向柿田宅邸后才去报官的。

从门外的动静判断，半兵卫定是从番所①带着十几号人一起来的，而且已经知道这里发生了命案。

悬砚方长官是幕府要职，番所想必还会上报奉行所，让捕头再带几十名捕快赶往这里。半兵卫所在的番所距离最近，所以他被率先派来包围宅邸。

倘若就这么走出去，不论甚内如何辩解，都会被当作嫌犯遭

---

① 日本江户时代的幕府机关，隶属于奉行所，职能类似于今天的派出所。

到缉拿。

此种情况下，包围的人本应按兵不动，确保在奉行所的人马到来之前，一只苍蝇都别想从这里逃脱。然而半兵卫一心想要邀功，急匆匆地决定抢先进入宅邸搜查，企图在奉行所的其他捕快到来之前制伏凶手。

大门被撞开的一瞬，浓烈的血腥味让半兵卫等人不禁发出了呻吟。

若半兵卫不傻，此时应该已经派人绕到后方去把守厨房的后门了。

只见半兵卫带着手下大摇大摆地闯了进来，边走边虚张声势地高声叫嚷。

已经没有时间磨磨蹭蹭了。

甚内踢翻了脚边行将熄灭的灯笼。

残留的灯油洒在木地板上，微弱的火苗顿时化为了熊熊火焰。

等到四周都已经浓烟弥漫，甚内拔出刀，一个箭步冲到了屋外。

然后，他和守在屋外的半兵卫撞了个正着。

"大……大人？"

半兵卫慌了神，甚内则毫不留情地挥刀向他砍去。

半兵卫抽出十手想要抵挡，却无奈武艺不精，被甚内一刀击飞。除了吓唬人，他大概还从未用过那把十手。

正当半兵卫手足无措间，甚内提起脚来重重踹在他的胸口，半兵卫与其身后走廊里排成一列的众多手下相继向后栽倒。

趁着火势尚小，甚内回到进来时的厨房，用身体撞开后门，逃到了屋外。

一出门，甚内立即拔刀准备迎击守在门外的捕快。所幸的是，半兵卫依然是个地瓜脑瓜——他几乎带着全部人手从正门进入了宅邸，而只留下了一名手下把守后门。

看到甚内从后门冲出，守门的手下登时傻了眼。甚内不假思索，用刀背朝着他的脖子猛击过去。

半兵卫的手下闷哼一声，倒在地上不省人事。

甚内把这个人扛起来，躲进附近的一片竹林，扒下他的衣服往自己身上穿。

之所以没有急着杀死他，正是为了避免弄破或溅脏他的衣服。

甚内将那人的头巾缠在自己头上，又学着番所差役的样子将上衣的下摆塞进腰带里。一番穿戴完毕后，他转头回望柿田宅邸。

火势已经很大，浓烟正在向着宅邸周围扩散。

那名手下一丝不挂地躺在草丛中。甚内一刀插进他的额头，结果了他的性命，接着径直穿过竹林，向猫地藏坡逃去。

不出所料，星星点点的官府提灯正沿坡而上。

甚内环顾四周，并未发现半兵卫等人的身影。他们大概正在为奉命看守的案发现场突然失火而急得团团转吧。

于是，他故意装作大惊失色的样子，一边跑下坡道，一边冲着上坡来的灯光挥舞双臂大喊：

"不好了！柿田大人家着火了！"

走在对面人马最前方的男人身穿火事羽织①、头戴阵笠②，看样子是捕头。听到甚内的话，他不禁发出了一声怒吼。

"快去呀！快！"

甚内侧身给捕头和他身后的数十名捕快让出路来，夸张地挥着手臂大声催促。眼看着大队人马奔向了火光冲天、浓烟滚滚的宅邸，甚内心中的石头终于落地，沿着坡道头也不回地逃走了。

四

柿田宅邸被烧毁的几日后，甚内被奉行所下令通缉，罪名是杀害柿田。

---

① 日本江户时代用于消防的一种羽织。
② 日本古时下级官兵戴的草笠形头盔。

甚内对这个结果早已心有准备，只可惜这样一来，他就很难再进城去向密探头子喜八索要情报了。

悬砚方长官柿田被杀，而甚内被当作替罪羊——这一切似乎都是因为他们在对精炼方进行暗查。然而实际上，他们的暗查目前还一无所获。

甚内不关心是谁杀了柿田，他唯一想要弄清的，是精炼方极力掩盖的秘密到底是什么。

如今他已身陷危局，只有厘清真相才能夺回主动权，知道下一步该如何行动。至于去奉行所申辩等等琐事都是后话。

甚内在中洲观音寺的百度石边埋伏数日，终于等来了伊武。这日与他们初见时一样，也是有人偶戏展演的初午日。

为了避人眼目，甚内头戴斗笠坐在河边佯装垂钓，暗中观察着十间桥上过往的行人。终于，他发现了那个身穿红色小袖的女子。

甚内不慌不忙，耐心地等待她走过桥去。随后，他放下钓竿，也踏上了十间桥。

百度石边的"算盘"显然被动过了。

甚内向观音殿望去，身穿红色小袖的身影已经混入了人群之中。

无妨，只要在这里等候，她一定还会回来。

甚内压低斗笠，在距百度石稍远的地方静静等待。终于，女子拖着木屐踩过碎石子的足音渐渐接近。

纤白的手指拨动了"算盘"上的神签。

这时，甚内一把抓住了那只手的手腕。

"随我来！"

伊武比甚内矮一头，她仰起头来，看到了甚内藏在斗笠下的脸。

她并不慌张，只是诧异地歪着头问："是上次在这里见过的那位武士大人？"

诧异是自然的。此时的甚内与上次搭讪时判若两人，从衣着到气质都与先前大不相同。

甚内微微拉开襟口，露出里面的短刀，故意让伊武看到。

伊武没有露出一丝恐惧的神色，只是轻轻地点头会意，顺从地跟在了甚内身旁。

两人沿着参道向十间桥走去。

"你为何不逃？"

甚内悄悄拔出怀中的短刀，隔着衣服抵在伊武的腰间问。

参道上没有人留意他们的举动，几个手拿风车和糖果的孩童从他们身边跑过，催促着远处的父母走快一点。

"大人既来找我，定是有话要说。"伊武头也不回地答道，"正巧，我也有话要对大人说。"

她的话让甚内心中一凛。

甚内本想把伊武带去自己藏身的客栈，却不知为何反被伊武带往了相反的方向。

伊武没有继续向着十间桥走，而是离开参道，来到了中洲边缘的一处僻静所在。这里有许多神社的分社，被一圈石柱篱墙包围在当中。

此处面向大河，水畔生着几棵黑松，遮出一大片荫凉。

与观音殿处不同，神社的周围寂静无人，唯有一只猫儿盘在残破的石灯笼上晒着太阳。

两人钻过鸟居，来到石柱篱墙内。稻荷神社、八幡神社、蹶速神社……众神的居所皆在此处。伊武就近坐在了众多神社前的一块石头上。

甚内暂且将短刀收回了鞘中，背向鸟居站立，以防伊武逃走。

"你也有话要对我说？"

伊武开门见山地问："您暗查钉宫大人所为何事？"

甚内眉心一紧，"你发现了？"

伊武轻轻点头道："上次在这里遇见大人时，我就知道。"

原来，伊武之所以会顺从地跟甚内走，是因为她也想弄清甚内究竟是什么人。

"若是继续追查下去,很可能会遭遇不测。"伊武抬眼忠告甚内。

"你说晚了!我已经遭遇了不测。"甚内闷声说道。

"我的雇主惨遭杀害,而我无辜背上了杀人的罪名,正在被四处通缉……恕我直言相问,钉宫久藏与比嘉惠庵到底是什么关系?"

伊武用墨绿玛瑙般的双眸凝视着甚内,仿佛一眼就能洞穿他的心底。

"……甚内大人,您能否游过这条大河?"伊武的目光突然转向了奔流入海的河水。

甚内心下诧异,只得如实答道:"不好说啊……"

河道十分宽阔。这种大河看上去流得很慢,但实际上很可能流速惊人。

"若能游过去,您还能再从同一条河游回来吗?"

"你到底想说什么?"甚内不知道伊武是何用意,焦急地问。

"人不能两次游过同一条河流。"伊武凝视着甚内说,"所谓'大河',不过是在描述河的形状。河水一刻不息汇入大海,昨日的河与今日的河看上去无甚分别,但昨日的河水却已然不复存在……既如此,真正的大河又在何处?"

"这……"

甚内哑口无言。

伊武别过脸去，起身用手轻轻掸了掸衣服上的尘土。

"奉行所、贝太鼓役和悬砚方全都想错了，您也一样。"

伊武说着向前迈出一步，与此同时，甚内也向后撤了一步。

甚内握紧了怀中的刀柄。面对一个手无寸铁的女子，他还是第一次感到如此不安。

"我要走了，请让开。"

甚内只得照做。

伊武对甚内轻轻点了点头，从他的身侧穿过，步履轻盈地离开了。

甚内这才发觉，自己已是满身冷汗。

五

是夜，甚内身着一袭黑衣，翻过了幕府精炼所的高墙。

远远便能望见，反射炉加料口中的铁水正泛着赤红的光。反射炉的烟囱下有一间小屋，屋檐之下，昼夜轮岗冶炼金属的工匠和搬运工的身影依稀可见。

精炼所的布防比想象中松懈许多，甚内轻而易举便潜入了其中。由于地界内几乎全都是精炼设施，所以若非像甚内这样遭遇急事，一般不会有人擅自闯入。

甚内没有去反射炉和工匠小屋，而是径直走向了精炼方。

奉行所、贝太鼓役和悬砚方全都想错了，您也一样。

伊武的话在他的耳际回响。

自己一定是漏掉了什么重要线索。

被杀的柿田阿路守只不过是在意异常的资财流。

而奉行所是单纯把自己当成了杀柿田的凶手。

目前尚且不明的，就只有贝太鼓役和精炼方的真正目的，以及钉宫久藏和伊武的底细。

只身一人调查贝太鼓役难度太高，如此一来，甚内唯一剩下的手段就只有潜入精炼方了。他必须从这里找出有关天帝家"神代之神器"的书籍和图纸。

然而问题的关键在于，就算找到了那些书籍和图纸，甚内也很可能完全看不懂。而且，他的时间也已经不多了。

精炼方比反射炉那一带安静许多。

气派的瓦顶官邸一侧设有仓库，从几戒院查抄的物品想必都放在其中。

附近无人把守，也无人路过，但甚内还是万分谨慎地挪步到了仓库前，撬开了门上的挂锁。

他把门推开一条刚好能通过的小缝，然后钻了进去。

仓库里一片漆黑，甚内从怀中取出胴火①，点亮了带来的蜡烛。

这里果然是用来藏书的。一排排的书架直抵屋顶，架上摆放着成摞的各类典籍。

虽然早有准备，但这里的藏书实在太多，让人根本无从下手。没有任何线索的情况下，想要在一夜之内找出几戒院的书籍，简直比登天还难。

然而现在，想这些已经没有用了。实在不行就只能多来这里找几次。

甚内从书架的一端开始依次寻找。就算只浏览那些标注了书名和卷数的书，估计也要找到天明。

他耐着性子浏览着每本书的书名，就这样足足过了一个时辰。他把那些晦涩拗口的书名逐一记在了脑中，好让自己下次来时无须再看一遍它们。

突然，一本看似随手放在书架中层的书吸引了甚内的注意。

"不知其机巧巧之如何"——微厚的书口上如是写道。

甚内记得这几个字。这是比嘉惠庵对"神代之神器"的描述，是松吉把它透露给自己的……

---

① 随身携带的小型金属火药筒，内有火绳，可随时燃烧。

甚内把这本书抽出来一看,发现封面上也写着同样的内容。

翻开一看,第一页上就画有插图。

"这是……"

甚内不禁倒吸一口凉气。

书的内容绝大部分都是插图,图中详细地标注着各种尺寸,但却没有注明画的到底是什么。

或许是因为不需要更多的注释?但甚内总觉得,没有注释反而更加可疑。

若是没听过"不知其机巧巧之如何"这句话,甚内可能根本就不会留意这本书。就算看了它里面的内容,也很可能因为不明所以而把它丢在一边。

甚内用颤抖的手翻动着书页。

幕府之中还有谁知道这个秘密?

若是只有贝太鼓役,那事情可就麻烦了。

比嘉惠庵会不会是为了守住这个秘密才策动倒幕的?

一块块看似不相干的拼图在甚内心中渐渐拼凑完整。

必须去见钉宫久藏——

甚内主意已定,把手里的书放入怀中。

他知道,偷书的事一旦被发现,自己将无可辩解。也许他从一开始就不应该知道这个秘密的存在。但现在既然已经知道,他就必须要追查到底，否则便会一直寝食难安。

甚内钻出仓库，重新把门锁好，然后翻出了精炼所的高墙。

六

钉宫久藏的宅邸远离天府城，与各藩大名的下藩邸一河相隔。

甚内怕有奉行所的捕快把守，蹑手蹑脚地潜入了宅邸，但周围似乎并无人迹。

身穿红色小袖的伊武立在院中，仿佛正在等候他的到来。

"小女已在此恭候多时。"

伊武深深地低头行礼道。

甚内默默不语，跟随伊武跨进了宅邸之中。

伊武把甚内带到里屋，随后便转身离开，或许是去叫久藏了。

室内的摆设稀奇古怪，很多物件甚内都前所未见，不知是用来做什么的。

角落里放着一个镶嵌着螺钿的黑漆木箱，约有四尺高。

一根实木栖杆从箱顶穿出，上面用爪枷和细锁链拴着一只大鸟。大鸟背呈琉璃色，腹呈艳山吹，貌似南国的金刚鹦鹉。此刻，它正在百无聊赖地啄着自己身上的羽毛。

地上还放着一个方匣，四角有腿，状似棋盘。匣子表面用精致的笔触画着一只遨游在浪涛中的长须鲸。甚内顺手将它拉至身下，坐在上面等待久藏和伊武。

他忐忑不安地摸了摸怀里那本从精炼方偷来的书。现在，他还没有想好该如何质问钉宫久藏。

一阵足音传来，甚内看向门口。

房门打开，伊武出现在门口，她背后还站着两个男人。

"啊！"

一看甚内，伊武大惊失色地叫了起来。

她小跑着撞向甚内，措手不及的甚内仰面栽倒，完全不知是什么情况。

"这不是凳子！不要坐在上面！"

伊武紧紧抱着那个画有长须鲸的方匣，气冲冲地盯着甚内。

"……今日初次得见，你就是田坂甚内？"

门口处一个年纪稍长的男人唐突问道。

甚内从地上赧然爬起。

伊武还在一旁小声发着牢骚，用衣袖擦拭着方匣表面，像是把它视若珍宝。

"我是钉宫久藏。这位……你应该认得吧？"

久藏指了指身边的矮个子男人。

虽说如此，可甚内还是一时想不起那人是谁。

仔细端详一阵后，甚内才认出他是松吉——那个在长吉手下，以乞讨为生的几戒院的旧时弟子！

这一次，松吉并没有像上次见面时那样畏畏缩缩，而是挺直了脊梁，含笑看着甚内。

"伊武，你先下去。"

听到久藏的命令，伊武小心翼翼地抱着方匣走了出去，大概是怕它再被别人当作凳子。

久藏把身边的舶来椅让给甚内，自己也拽过一张椅子坐了下来。一旁的松吉也落了座。

"既然远道来此，你定是已经看过惠庵的书了吧？"松吉问道。

甚内不知道松吉为何会出现在这里，但还是板着脸对两人说："在回答你们的问题之前，请你们先回答我一个问题。"

久藏颔首同意，"我猜你也是有话想问。"

甚内深吸了一口气，平静下来后问道："……如今皇宫里的天帝不是真人，对不对？"

沉默降临，时间仿佛停止了流动。

突然，松吉爆发出了一阵大笑，久藏也忍俊不禁。

"为何发笑？"甚内焦躁地问。

"妙哉！能查到这一步的公府密探，你还是头一个。"

松吉此时的气质与先前会面时截然不同，也难怪甚内没能立即认出他来。

"松吉，你到底是……"

"我是贝太鼓役手下的密探，真实姓名恕我不能告知，叫我松吉便好。"

甚内听后哑口无言。除了梅川喜八，其他的公府密探分别藏身于何处，就连密探之间都互不相知。

"你说你曾是几戒院的弟子，倒幕案发生后被放逐山野……这些都是假的？"

"你收买的那个名叫佐山半兵卫的捕快，我看还是趁早换了的好。他要找几戒院的旧时弟子，我随便扯了个谎骗他上钩，没想到他那么轻易就相信了，完全没有追查我的底细。"松吉笑道，"还有你，也未免太大意了。你从来没有向长吉确认过我的身份吧？他手下根本就没有叫什么松吉的乞丐！当然，就算你去查了也无妨，我早已买通长吉让他与我统一口径。"

不愧是贝太鼓役手下的密探，松吉的谋略远远高明于甚内。

恐怕从悬砚方长官派甚内暗查精炼方的时候起，松吉就已经出动了。

甚内的思绪很乱。若天帝果真不是真人……那么就一定是机巧人偶！可就算猜对了这一点，他还是完全理不清事情的全貌。

"比嘉惠庵大人曾多次奉旨入宫验看'神代之神器'。"久藏开口道，"天帝家久无女儿降生。先帝的第二胎好不容易是个女婴，却在出生后不久便夭折了，体弱多病的先帝也在生产时不幸驾崩。彼时，天帝家迁宫的花销以及一应吃穿用度基本上都依赖于幕府。为了不让帝位空缺致使幕府生变，天帝家决定用机巧人偶冒充新生的女婴，让她继承帝位，直到先帝的直系血亲再生下女儿。"

甚内听得目瞪口呆。

"让这个荒诞的想法成为可能的，正是天帝家代代秘传的'神代之神器'。在验看'神器'之后，惠庵大人成功仿制出了一个与真人相差无几的机巧人偶，你在《不知其机巧巧之如何》中看到的插图，画的就是它。"

甚内猜得不差，那些密密麻麻的插图画的正是神代时期某人制作的机巧人偶！

根据书中记载，"神器"是在被封印的神代天帝陵中发现的。它被放在一个很深的石墓穴中，封存在一个铁龛里。而惠庵就是以它为原型,制作出了现在的机巧天帝。

此外,书中还详细记载了机巧天帝的设计方案。从婴儿时期开始,人偶每隔一段时间就需要被改造成相应年龄的样子,因此惠庵常常会被召见入宫,为天帝秘密改造并修缮身体。

"最初的计划,是一旦天帝家有女儿降生,就立即改由真人继承帝位。可没想到就这样过了五年、十年,天帝家始终没有女儿。最后,幕府终于有人察觉到了事情不对。"

"就是贝太鼓役。"松吉接过了久藏的话,"为了守住这个秘密……或者不如说是为了保护被自己视如亲生女儿的机巧天帝,比嘉惠庵召集了一批浪人,策划了那场倒幕运动。他带领弟子用舍密和机巧研制新式武器,准备与幕府开战。他们原本计划在天府和京城同时起事,先在天府城放火并杀掉幕府重臣,然后再宣称'奉天帝之命'征讨幕府。"

不料,浪人中的一个叛徒破坏了惠庵的计划。那个叛变的浪人后来去了牟田藩,而牟田藩就是去年因为用机巧蟋蟀参加大斗蟋会而遭到改易的那个藩。

"惠庵和他的弟子被捕后,就没有人能为机巧天帝改造和修缮身体了。因此,天帝的外形永远停留在了少女的模样。她从此对外称病,不再出宫见人。"

"秘密已经暴露到这种程度,天帝家却没有受到追查,这肯定是因为贝太鼓役一直独占着这些秘密，并没有向大将军禀报。"

甚内艰难地呼吸着凝重的空气说。

如此说来，恐怕贝太鼓役正在策划着另一种"倒幕"。这种"倒幕"无须动用武力，只需独占足够致命的秘密，便能让自己名义上的地位保持不动，同时用类似"改革"的方式暗中掌握幕府实权。

"你猜得不错。贝太鼓役很早就在几戒院安插了一个内贼，此人就是……"

松吉看了看身边的久藏。

甚内紧咬着下唇问："钉宫久藏，是你?!"

他曾经猜测钉宫久藏是比嘉惠庵的得意门生，却万万没想到此人竟是贝太鼓役派来的内贼。

久藏面不改色，双眼射出冷峻的光。

"我最初不过是个普通的机巧师，在天府小有名气。你和伊武在中洲观音寺看过人偶戏展演吧？那就是我当年的作品。"

松吉接着说道："为了暗查'神代之神器'的秘密，贝太鼓役找到了他，并把他送进了惠庵办的私塾。我对舍密和机巧一窍不通，若是换作我去，一定很快就会露出马脚。"

所谓"内贼"，指的就是在敌对的藩或组织内部安插的奸细。这些人会用五年甚至十年的时间博取对方首领的信任，然后再伺机举发对方的秘密或丑事。

"好了,现在该把你偷的东西交出来了吧?"松吉说着向甚内伸出手去,"为了让你把它偷出来,我故意把书名告诉了你。奉行所看也没看就把这本书收进了精炼方,但我们还是得在能看懂它的人出现之前,把它交回贝太鼓役手里。"

"交了书,我对你们就没用了吧?"

"你的直觉越来越准了,真可惜啊⋯⋯"

真是个周详的计划。若松吉亲自去偷书,一旦被捕,贝太鼓役就会遭到奉行所的怀疑。身为精炼方技师的久藏或许倒是可以自由借阅这本书,但那样做很可能会让其他人注意到这本书,而毁掉如此重要的书又是断然不能的⋯⋯

为了避免这些问题,他们暗中操纵与事件毫无瓜葛的甚内帮忙偷书,又引诱他自己把书送上门来。

"你们休想得逞!"甚内一手护住怀里的书,一手按在了腰间的刀柄上,"只要把书交到官衙,我身上的罪名就能洗清了。"

"没用的!奉行所那帮蠢蛋不可能相信贝太鼓役有如此野心。"松吉做出吹法螺贝的样子说,"在他们眼里,贝太鼓役不过是成天吹螺敲鼓的闲人一个。"

说完,松吉不知从哪里掏出了一把尖细的短刀。

甚内见状,立即把刀推出了鲤口。

"你们两个,别在我这里折腾!"

久藏的声音从松吉背后传来。

然而,对峙中的两人正全神贯注地盯着对方,谁也没有答话。

额头的汗珠流过鬓角和下颌,滴在地上的那一刹——

甚内突然拔出刀来,松吉也几乎同时高高跃起。

紧接着,一阵火药的爆炸声响彻耳际。

甚内还没看清发生了什么,跃起的松吉便一头栽倒在地。

钉宫久藏站在两人对面,手中握着一把奇形怪状的短枪,一缕白烟从枪口中徐徐冒出。

"不愧是惠庵大人设计的短枪!此前我一直找不到机会使用,今日一试果然了得!"

倒在地上的松吉血流如注,惨叫着在地板上乱抓。

"哼,被打中了还不快去死,像只臭蜥蜴一样扑腾什么?"

久藏的声音一反常态。

松吉表情扭曲地抬头盯着久藏。"久藏,你……"

甚内还未弄清状况,警惕地用刀尖指着久藏问:"这到底是怎么回事?"

"幸亏有你,我终于能摆脱这家伙了,多谢。"久藏冷冷地说,"我早就想在背地里取他性命,可他总是不给别人留一点可乘之机,方才的机会真是千载难逢啊。"

说罢,久藏对甚内点头示意。

"动手吧。"

甚内迟疑片刻,终于还是一刀插进了松吉的喉咙。松吉发出一声蛙叫般的悲鸣,就这样断了气。

确认过松吉的心脏不再跳动后,久藏起身对甚内道:"事不宜迟,我得赶快去找贝太鼓役,让他帮你在奉行所撇清嫌疑。在那之后,你必须接替松吉,成为贝太鼓役手下的新密探。毕竟,知道秘密的人还是越少越好。"

久藏似乎早就另有图谋。甚内相当于有把柄握在他手里,无法拒绝他的要求。但是这样一来,为悬砚方暗查异常资财流的事想必也就不了了之了。

"我不明白现在是什么情况。"

"就是我所说的那样。"久藏懊恼地摇了摇头,回忆道,"想当初,我只是一个制作人偶戏道具的普通机巧师,是松吉把我骗进了几戒院去当内贼。我当时正愁没有钱财和门路入学,内贼的任务简直就是雪中送炭。起初,我只是想借机剽窃几样比嘉惠庵一流的手艺,没想到几年以后,惠庵大人在机巧方面的造诣让我深深折服于他。可我不能向他坦白实情——松吉是公府密探,哪怕我已经成为惠庵的得意门生,一旦泄露这个秘密也会立刻被松吉取走性命。"

久藏的话音里带着深深的悔恨。

"在与惠庵一起制作机巧天帝的过程中，我对机巧技艺的来源——'神代之神器'产生了强烈的好奇，想要一睹它的真容。可惜这个愿望最终没能实现。倒幕计划败露后，惠庵大人被缉捕斩首，而我本来就是被派入几戒院的内贼，所以在贝太鼓役的安排下我立刻被释放，而且还进入精炼方当上了技师。我至今都很后悔，当初不应该听信松吉的哄骗进入几戒院。我这种人，还是最适合终生都在市井里做一个普通的机巧工匠。"

久藏低头望着已经咽气的松吉，缓缓地说道。

想不到，才能堪与神魔相匹的机巧师钉宫久藏，竟然有着如此坎坷的过去。

久藏离开房间后，伊武走了进来。

"伊武……"

"请准备一下，马上要去见贝太鼓役了。"

说罢，伊武对甚内莞尔一笑。

七

甚内守在中洲观音寺的百度石边，等待"算盘"上的神签记数满百。

"甚内大人。"

伊武从观音殿里走出，看到甚内后，她的神色显得略微有些惊讶。

"此前多蒙你关照了。"

甚内简短道谢，对伊武笑了笑。

伊武不动声色地将第一百张神签拨向"算盘"的另一侧，然后径直向着十间桥走去。

甚内追上伊武的脚步，说道："我要离开天府了。"

"哦？"

就在昨日，甚内从密探头子梅川喜八那里得知，自己要被派去远国赴任。

上次那件事后，久藏上下打点，想方设法取消了奉行所对甚内的通缉。而甚内则接替松吉，成了贝太鼓役府上的新密探。

久藏似乎早就计划借此机会除掉松吉，从此便不用再受监视。其实在初见之时，伊武就已经知道甚内是公府密探。如此想来，久藏估计连松吉死后由甚内继任的事都早已盘算好了。

所谓的"远国赴任"，表面上看是密探组织对甚内引起奉行所注意的一种惩罚，但实际上却是贝太鼓役让甚内继续追查天帝家秘密的一个借口。

"钉宫大人一直在忏悔。"伊武边走边说,"为了守住秘密,我在幕府的查抄到来之前从惠庵大人的住处逃了出去。见到钉宫大人后,他并没有把我上交官衙,而是像对待亲生女儿一样对待我。"

"你以前说过,你不是钉宫大人的女儿,所以你是……"

甚内的话让伊武笑了出来。

"您不会以为我是比嘉惠庵大人的女儿吧?"

"不是吗?"

"原来您还没有发现啊。"伊武在参道正中驻足静立,"甚内大人果然有趣,虽然观察力敏锐异常,却往往会忽视一些紧要之处。"

往来的行人避让开停步的二人,从他们的身旁绕过。

"我来做百度参拜,就是为了求观音菩萨把我变成真人。"

甚内一时没懂她的话,怀疑自己是不是听错了。

"……怎么会?!"

"我知道这个愿望不可能成真,但至少我还拥有许愿的自由。"

伊武迈步继续向前。

"所以,你其实是惠庵的作品?"

若果真如此,伊武和当今的天帝就是"姐妹"了。

"钉宫大人也是这样以为的。"

"……那到底是怎么回事？"

伊武在十间桥的最高点再次驻足，倚着护栏眺望宽阔的河面。停在栏杆上的海鸟受了惊吓，振翅向着观音殿的金箔瓦檐飞去。

"我之前曾说过，人不能两次游过同一条河流。"

甚内点了点头。他清楚地记得伊武当时说的话，但却仍然揣摩不透她的用意。

"为了制作冒充天帝的机巧人偶，惠庵大人耗费多年苦心钻研'神代之神器'。他查看了'神器'的每一处细节，并且以修缮为名替换了它的部件。"

甚内来到伊武身边，同她一起凭栏望着大河。

一只摊放着渔网的小船缓缓顺流而下。

"机巧师只要见到未知的东西，便无论如何都想把它据为己有。若不行，他们就退而求其次，想要把它完整详细地记录下来。惠庵大人和钉宫大人都是如此。"

甚内不知道伊武想要说什么，转头看着她的侧脸。

她脸上露出的落寞神情，与看人偶戏时一模一样。

"若把一样东西上的每个部件都替换成新的，然后再将换下的旧部件重新组装起来，所得到的两样东西，哪一个才是原来的那个呢?"

伊武也转头看向甚内。

她那墨绿玛瑙般剔透的眼眸深处,仿佛蕴藏着神代以来数千年的记忆。

甚内不寒而栗。

"那个被人称作'神代之神器'的东西,现在依然躺在天帝陵里。"

"可是你方才说……"

"钉宫大人通过钻研我的身体,掌握了比惠庵大人还高超的机巧技艺。"

伊武微笑道。

"他总说,有朝一日定要亲眼看看'神代之神器'的样子。但愿这个愿望实现的时候,他不会太失望……"

伊武微微颔首,走下了十间桥。

甚内呆立在原地,注视着她的背影渐行渐远。

远方的天空中,幕府精炼所的烟囱一如既往地冒着白烟。

逍遥杰佩托①

---
① 童话《木偶奇遇记》中木偶匹诺曹的制作者。

一

"陛——下——起——身——"

女嬬^①的唤声响彻侍女房,春日揉着惺忪的睡眼,从寝床上爬了起来。

她与共住一室的同龄少女们一起,手脚麻利地穿上了白色圆袖衫和绯色袴裙^②。

"真冷啊!"

"是啊。"

穿戴完毕后,春日与其他帐内女侍一边说笑着打招呼,一边一起走出了侍女房。

---

① 日本古代专门从事打扫、照明等杂役的下级宫女。
② 一种红色的和服裙子。

天边刚透出浅淡的红晕,呼出的气息仍会凝成白雾。春日虽然披上了长褂①,却还是不禁打了个寒战。

侍女房所在的区域被高石墙围成了三角形。

皇宫外围的其他四个区域皆是如此。每个区域都与中央的五角形天帝陵相接,以至于无论前往皇宫何处,都必须要从天帝陵经过。自上而下俯视,皇宫就像是一颗五芒星。

所谓"起身"是宫中用语,指的是天子睁眼醒来。

宫里的每一天都是从这一刻开始的。

从前,天帝总是有节律地在每日的同一时刻醒来。但近一年来,天帝似乎体况有变,有时会像今日这样天还没亮就"起身",让众仆从手忙脚乱;或是已经日出三竿还迟迟不起,叫人等得好不心焦。

不知何处传来了"嗡"的一声。

是仆人开始生火了。

皇宫内部贯通着无数铁管。宫外的燃炉里一烧柴,高温的蒸汽就会让冻彻一夜的铁管发出乐音般悦耳的嗡鸣。

这些铁管是三十年前迁宫之际由幕府精炼方制造的。除了作取暖之用,还可供御膳房加热食物。铁管的每一截之间都拼接得严丝合缝,但却不知为何还是会在气流通过时发出响声。这已

---

① 古代女子披的外衣。

经成了宫里的一大谜团,经过多次检查还是原因不明。

为了不让鞋底沾染泥土,侍女房与中央的五角形天帝陵间由一条长廊连接着。穿过一扇在厚重土墙上开凿出的窄门,便可进入天帝陵。

远远看去,天帝陵仿佛一座方圆十数间的小假山。

陵墓本身的入口以一种怪异的方式被遮挡得严严实实。"假山"上罩着一层半球状的厚重铁皮,其上穿插着无数粗大的铁制脚手架。宫中的佣人们每年都会洗刷一次铁锈,但那黑亮的铁皮表面还是生出了斑斑锈痕。铁皮上方氤氲着淡淡的水汽,似乎是有热气从地下涌上来。

皇宫中随处可见的雅致富丽,在天帝陵中丝毫感受不到。相反,它就像是在情急之下被匆忙建成,而后又被胡乱遮挡起来的。

破晓前的昏暗中,天帝陵的剪影与燃炉烟囱冒出的青烟默默相对。宫中人应该已经全部醒来,但除了铁管那如野兽吠叫般的阵阵鸣响,再听不到其他声音。

皇宫迁来以前,天帝陵就已经在这里了。

迁宫之际,人们灼烧刻有祭文的大龟腹甲来占卜皇宫的新址,结果便卜到了这里——传说中长眠着"神代之神器"的天帝陵。

天帝陵位于皇宫正中,是宫中占地面积最大的一片区域。但平日里它却无人问津,就连靠近它都被明令禁止。春日也只会在走过长廊时朝它远远望上一眼。

帐内女侍的队列向天帝的寝宫走去。

女嬬带领她们来到了"外朝"的大门前。

随后,等候在此的舍人① 接替女嬬,带领女侍们走向"内廷"的入口——一扇画有龙的杉木门。

进入门内,有命妇② 侍立等候。

此后便由命妇带路,引着春日等人穿过长廊,由外殿膝行进入寝宫。

这是春日每日清晨的例行公事,好不烦琐。

带路者在中途反复更换,是因为女嬬不能进入"外朝",而舍人不能进入"内廷"。再向内,则只允许命妇和天帝的亲信通行。

根据身份不同,宫中人等可以接近天帝的距离也有严格规定。命妇不能涉足寝宫更深处的"帐内",那里除了天帝的亲族以外,就只有帐内女侍以及天帝的乳母、御医等身份特殊者才能进入。

然而,在宫里的所有佣人中,帐内女侍的地位却是最低的,

---

① 皇族的近侍。

② 官爵在五等以上的女官,或官爵在五等以上的官吏之妻(日本朝廷的官爵共分为八个等级,一等最高,八等最低)。

甚至连侍从的属官——内舍人都不如。

她们无论是在"外朝"还是"内廷"都不被当作人看，就连命妇也把她们视如空气。

帐内女侍大多出身卑微，她们的任期只有短短几年，但却能为家族带来位及六等的封爵。

春日来到寝宫，看到了平躺在帐床上的天帝。

天帝正一如既往地用无神的双眼凝望着虚空。

负责守夜的两名女侍已经掀起了绣着牡丹的白缎幔帐，静静等候天帝坐起。

天帝的寝衣脚底封口，状如布袋，这是为了防止被褥上的灰尘碰脏她的脚。两条纤细的手臂自天帝的袖口伸出，轻轻交叠在胸前。

天帝有着一头微卷的栗色齐腰长发，双瞳像琥珀一般通透无瑕。

春日初次见到她时着实为之一惊。

天帝已年近三旬，容貌却仍似少女，看上去和春日她们这些十四五岁的帐内女侍差不多大。

据说，她是因为身染重疾而停止了生长，帐内女侍们都对此深信不疑。在侍女房里不经意间谈及此事时，她们都会对天帝的不幸表示出由衷的同情，其中甚至有些多愁善感的女孩会为之落泪。

帐内女侍不允许对天帝说话，哪怕是日常的问候也不行。所以，她们绝对不会催促天帝起床，只能静候天帝自己从床上坐起。

春日与另外两名帐内女侍来到帐外，用绑绳把衣袖高高扎起，去热水房准备梳洗用具。

水已经被铁管中的蒸汽烧热，冒着腾腾的白雾流出水管，在香木浴桶中漫溢出来。

她们用木桶将热水舀入大盆，三个人一起端着盆向回走。通往寝宫的路全部由榻榻米铺成，她们必须保证盆中的热水一滴不洒。对于身为女子的帐内女侍们来说，这的确是个苦差事。

回到寝宫后，天帝已经从床上坐起，正在其他帐内女侍的服侍下脱着寝衣。

她的肌肤像白瓷一样光洁透亮，微微隆起的乳房前端，一对淡粉色的乳头如同含苞待放的樱花。她的下体没有阴毛——春日从未听说过哪个帐内女侍负责帮她修剪那里，想来是本来就没有长阴毛。

天帝俯身凑近大盆，双手捧起热水，在脸上拍打了两三次。

洗过脸后，四名帐内女侍用浸过热水的绢布为天帝擦洗全身。在此过程中，全身赤裸的天帝会两脚分开站立，将双臂平举到齐肩高度，纹丝不动。

接着，女侍们给天帝换上常服，又为她精心地梳发挽髻、搽粉点唇。梳妆停当之后，天帝便要前往东司。东司，也就是茅厕。如厕期间，天帝会把手从东司门口的幔帐里伸出来，让御医为自己诊脉。

帐内女侍不会跟随天帝去东司。至于熏香除臭、擦洗臀部等琐碎事宜，皆由被称为"御差"的女官专门负责。春日从没见过那些女官，或许是因为她们的职务特殊，被禁止与其他人会面。

以上事宜尽皆完毕以后，便到了用早膳的时间。

"陛——下——进——膳——"

与宣布天帝"起身"时一样，命妇宣布天帝进膳的唤声传到舍人耳中，再由舍人转告给女嬬。明媚的朝阳下，一声声清朗的传唤在皇宫中悠扬回荡。

"春日。"

春日听到有人叫自己的名字，惊疑地看了看四周。

她方才有些犯迷糊，或许是听错了。

此刻，她正坐在天帝的寝宫里。纸罩蜡灯透着清光，她靠在帐床边，本是要等待天帝熟睡的鼻息从帐内传出，没想到自己反倒先打起了盹。

与"起身"和"进膳"类似,天帝的入睡被称作"安寝",这一时刻也必须向宫中的所有人通报。

宫中各项事宜都要配合着天帝的作息展开。因此,通报天帝的入睡是一项极其重要的任务。只要天帝还醒着,宫中的大小仆从便不敢歇息,随时准备听候吩咐。

若帐内女侍不小心自己睡着,忘记了让命妇宣布"天帝安寝",宫中的所有人恐怕一夜都不能合眼。

春日惶惶不安地膝行至帐前,细听里面的动静。若天帝已经睡熟,她就得赶快去向外面的命妇报信。

"春日。"

又是那个声音。

春日再次环顾四周,室内分明没有别人。

这让她感到毛骨悚然。

突然,她想起这里除了自己还有另外一个人。

是天帝陛下!

陛下说话了?春日将信将疑。

仔细回想,自她两年前进宫当上帐内女侍以来,还从未听到过天帝的声音。

帐床边只有春日一人。

为了及时通报天帝的"起身"和"安寝",寝宫里每日会有两名帐内女侍轮流值守。其中一人睡在天帝的帐床边，以防天帝夜间有事吩咐；另一人则睡在待命用的隔间里。

春日不能主动出声询问天帝，于是只好掀帐察看。

她用手指把合拢的幔帐轻轻挑开了一寸。

天帝并未入睡，而是从被褥中坐了起来，正在盯着自己。

或许是春日畏畏缩缩的样子有些好笑，天帝掩着嘴巴笑了起来。

春日心头一紧。

难道是自己做了什么大不敬的事？她开始胡思乱想，身体僵停在了掀帐探视的怪异姿势。

"你的名字是春日吧？我方才叫了你几次你都没应，莫不是睡着了？"

"陛……陛下恕罪！"

春日大惊失色，像小虾一样弓着身体向后跳开一间，赶忙把头磕在了地上。

"你这孩子倒是怪有趣。"天帝窃笑着说，"你去告诉命妇我睡着了，然后来陪我说说话，如何？"

春日听从天帝的吩咐，来到寝宫外向命妇通报了"安寝"。她做梦也想不到自己能和天帝说上话，但既然这是天帝的要求，她也只好奉陪。

听着"陛下安寝"的唤声越传越远，春日转身回到了幽暗的寝宫。此时，天帝已经亲手把一侧的幔帐卷了起来。

她身穿寝衣坐在帐床上，笑着对春日招了招手。

二

与天府朝歌夜弦的十三阁相比，京城的花街柳巷则显得萧索不堪。

在离皇宫有一段距离的地方，宛若冥河的芦刈川暗流汹涌。河岸边搭着几间石顶小屋，一条瘦犬独步在沙尘弥漫的小道上。

田坂甚内在这里最上等的青楼包下了一间位于二层的客房，坐在里面一边饮酒，一边远眺皇宫外围的石墙。

那墙上的烟囱冒着白烟，和幕府精炼所反射炉上的烟囱有几分相像。

"近日幕府频频来使上奏，催促让位一事。"

"如今是何人执掌政务？"

"天帝身患重疾，一切政务均由比留比古亲王操持。"

比留比古亲王是现今天帝的兄长。

帝位虽然不能由男子承袭，但就在前几日，比留比古亲王的王妃刚刚诞下一女。

"原来如此。"

甚内点了点头，抬眼看着坐在面前身着官服的男子。

此人望着桌上的美酒玉馔，看起来相当坐立不安，估计是想赶快叫些游女来助兴，无奈还是得等到正事谈完之后再说。

官服男子是皇宫中的大舍人①。

同时，他也是被贝太鼓役买通的奸细。至于这样做是否出于他的本意，就另当别论了。

天帝之位向来由女子世袭。

只有身为女子的天帝本人生下的女儿，才拥有天帝家最纯正的血脉。

而比留比亲王的妃子是幕府将军家的女儿。

三十年前，天帝家迁宫时的花销几乎全部依靠幕府资助。因此在先帝的服丧期满后，幕府提出要把将军家年仅五岁的万里姬许配给比留比古亲王，天帝家也只好接受。甚内前不久还在悬砚方当差，而悬砚方也负责机密事项经费的支出，所以此事他也有所耳闻。

亲王家也长年没有子嗣。然而就在最近，一个天帝家期盼已久的女儿诞生在了他的家中。

幕府频繁派使者来催促天帝让位，大概就是所为此事。

———————————————

① 舍人之长。

天帝一旦让位，帝位就会转移到亲王家，由那个还不会走路的女婴继承。如此一来，执掌政务的大权便能一直像现在这样，稳握于比留比古亲王之手。等他的女儿长大成人接过政权，就意味着幕府暗中取代了天帝家。原本由天帝任命的幕府大将军，地位反倒会凌驾于天帝之上。

市井中虽然没人敢大肆谈论，但已有小道传言说，当今天帝因长年患病而不能生育。就算传言不实，随着年龄增长，天帝诞下女嗣的希望也日渐渺茫。天帝的日常起居全部由一群年未及笄①的帐内女侍照料，既没听说她要招揽男宠建立后宫，也没听说她有成婚的意向。甚至有人猜测，年近三旬的天子至今仍是处女之身。

甚内呷了一口酒说："我想见一见主上侧近之人。"

他口中的"主上"是天帝的代称。

"侧近之人？"

"就是贴身照料她的人。"

大舍人听罢面露难色。

现今的天帝出生以后，先帝便不幸驾崩。曾有那么一小段时间，人们传言说先帝和她腹中的胎儿都死去了，但没过多久，新天帝平安无事的消息便传开了。

---

① 古代特指女子十五岁可以盘发插笄的年龄。

天帝与兄长比留比古亲王同母异父，她的父亲是先帝男宠中的一个少年。天帝即位后，那个少年曾经一度荣升为宫中的侍从长，但却在几年前因为一场怪病离开了人世。

"……此事不太好办。"

甚内本以为大舍人会一口答应，没想到他却支吾起来。

真是块硬骨头——

甚内暗忖，无奈之下只得开口道："我出钱。"

男子还是摇了摇头，看来不是想要钱。

"能直接面见主上的，只有几个身份特殊的帐内女侍。她们都是不满十五岁的女孩子，年幼无知，是很难用钱来买通的。"

醉酒让这个男子的语调变得有些奇怪，但他仍然不肯让步。

"唔……"

甚内点了点头。

能接近天帝的人数，应该已经被削减到了最少。

天帝是机巧人偶——这件事是机密中的机密。即便是在幕府之内，知道的人除了贝太鼓役以外，大概也就只剩甚内和钉宫久藏了。

面前这位大舍人显然也不知情。恐怕包括比留比古亲王在内，天帝家的知情者也没有几人。

"更何况，帐内女侍在任满之前不准离开皇宫半步，想让她们出来绝无可能。"

"那么，有没有最近刚刚任满的帐内女侍？"

"这个……"

一直借着酒劲喋喋不休的大舍人突然陷入了沉默。甚内心中暗喜——这人太好懂了。

为了让大舍人尽快说出实情，甚内提起酒壶探身为他斟酒。

"前阵子有个女孩犯了错，马上就要被赶出宫了。"

"她犯了什么错？"

"具体我也不甚清楚。"

"这种事经常有吗？"

"很稀罕。通常来说，任满的帐内女侍要么会在年满十五岁以后继续当女嬬，要么会直接回老家去。不过……"

甚内没有放过男子话尾暗藏的深意，继续追问道："哦？这么说，那个犯了错的帐内女侍不是要被赶回家？"

"这话我只在这里说……"

大舍人像是担心隔墙有耳，狐疑地看了看四周。

"莫不是会被杀？"

见对方不好开口，甚内只好率先说出了自己的猜测。

大舍人点了点头。

甚内面不改色，心中却暗叹不出所料。

恐怕那个帐内女侍发现了天帝是机巧人偶。

天帝的贴身仆人数量极少，而且任期仅有短短几年，还被严禁出宫——这一切想必都是为了保守秘密。

然而即便如此，应该还是会有近距离接触过天帝的人察觉到天帝与真人有所不同。而不幸发现了这个秘密的女孩只有死路一条。

"我要你给我详细讲讲。"甚内用略带威吓的口气说。

大舍人的胆怯立即写在了脸上。

若说发现秘密的人全都会以"犯错"为由被杀，那么就算找来曾经当过帐内女侍的人来问话，也是白白浪费时间。即便她们知道秘密，也必定会咬死不说。正因为她们深谙说出秘密会有什么下场，所以才能平安无事地度过任期。

甚内打定了主意。

只要把那个将要被杀的女孩拐来并加以质问，就能得到天帝是机巧人偶的确凿证据，搞清楚目前的事态发展。

"就在宫里行刑？"

"宫中不行血腥之事……"

这正合甚内之意。要知道，潜入皇宫带走一个活人的难度堪比登天。

"那个女孩出宫的时候，应该还不知道自己的下场吧？"

大舍人点了点头。若是知道会被杀,女孩很可能会在半路上伺机逃跑。

"行刑的安排确定以后,你务必知会于我。对了,那个要被送出宫的女孩叫什么名字?"

"春日……"

甚内点头记下之后,便拍了拍手。

候在房门外的几名游女走了进来。

一见女人,神情凝重的大舍人瞬间容光焕发。

甚内看着面前飘飘欲仙的男子,冷静地思考着——

这就是料理皇宫一应杂务的舍人之长?想不到,如今撑持天帝家的竟是此等货色。

这种人藏不住秘密,事成之后恐怕不能留活口。

甚内一边这么想着,一边把手滑进身旁游女的襟口,了无兴致地抓了几下。

三

"过来。"

幔帐里的天帝招手道。

春日僵硬地膝行至天帝的床边。

"再靠近些。"

话语从天帝淡红色的唇中吐出，像是带着某种神秘的魔力。春日正在犹豫要不要上床。

这时，春日突然从梦中惊醒了。

轿夫们用轿子把她抬离皇宫，已经走了约有半个时辰。

她却不知怎的，在这左摇右晃的狭小空间里迷迷糊糊地睡着了。

春日，你——

她想起了天帝那时对自己说的话。

天帝陛下早就看穿了一切。

天帝解开红绸腰带，在目瞪口呆的春日面前脱下了包裹至脚的白色寝衣。

春日不禁倒吸一口凉气。

天帝的肌肤莹白如雪，在蜡灯微弱的亮光下展露无遗。

"摸摸看。"

天帝握住了春日的手腕。她的手出奇地凉。

为了不使天帝的肌肤沾染污秽，帐内女侍在为天帝梳洗更衣时，绝不允许触碰到她的身体。天帝的寝衣脚部封口，也是出于同样的原因。

可现在，天帝却毫无顾忌地把春日颤抖的手放在了自己的胸口上。

春日在天帝微微隆起的双乳之间，触摸到了凸起的胸骨。

胸骨之下，有什么与心脏截然不同的东西正在律动。

春日抬起头，看着天帝。

她的身影倒映在天帝琥珀般通透无瑕的眼睛里。

天帝双手捧起春日的脸颊，将她拖进怀中，紧紧抱住。

"啊……"

春日将耳朵紧贴在天帝的胸口上，不由得发出一声惊叹。

隔着一层冰冷的肌肤，那种异样的律动听起来愈发真切。

春日合目细听。

擒纵轮的轮齿撞击叉瓦，发出了微弱的金属音。

大大小小的齿轮精准啮合，密密麻麻的发条窸窣作响。

遍布天帝体内的机巧部件在春日眼底——浮现，她享受着这种感觉。

天帝陛下果然是……

就在这时，天帝开口了："朕不是真人，你早就知道了吧？"

春日睁开眼睛，看着天帝近在咫尺的脸。"朕"，是天帝的自称。

"朕的身体，已经很久没有得到修缮了。把朕带到这世上的比嘉惠庵大人已经不在人世。"

春日听说过这个名字。

比嘉惠庵曾经是天下首屈一指的机巧师,后来因为聚众密谋倒幕而被捕问斩。

"过不了多久,朕体内的机巧就会停止运转。"

"怎么会……"春日哽咽道。

天帝把手指插进春日的黑发,温柔地抚摸着她的头。

"到了那个时候,你会保护朕吗?"

春日连连点头。虽然她也不知道自己能为天帝做些什么,但还是坚定地点了点头。

"谢谢你。"

天帝轻声说完,用自己的嘴唇贴了贴春日的脖颈。

不一会儿,就又到了天帝"起身"的时刻。

深夜子时,一队人抬着轿离开了皇宫。

他们举着十多支鬼火般的火把,跨过护城河上的大桥,鬼鬼祟祟地向西走去。

日子和时刻都和接到的消息一样。

甚内一袭忍者装束,在黑暗中学了一声犬吠。这是在对潜伏在附近的长吉手下发出暗号。

虽然不指望这些泼皮真的能在伏击行动中派上用场，但甚内向来是一个人行动，自己没有部下，到这种时候也没的选。

这些流浪汉的头目是矢车长吉，甚内与他在先前的案件中有过几次接触。

向贝太鼓役禀明事由后，贝太鼓役出重金收买了长吉。长吉帮甚内从刑场找来了一具约莫十四五岁女孩的尸体，又给他派了几个帮手。

甚内的计划很简单：让长吉的手下假扮成土匪，趁夜打劫春日所乘的轿子。

皇宫周边治安本就不好，长吉的手下又本来就是些爱劫财害命的恶棍，这种事情就算发生，也算不得稀奇。

接着，就只需要把护送轿子的人全部杀掉，劫走春日，再将预备好的女尸放进轿子即可。

天帝家本就是为了暗杀春日才派轿队秘密出宫的。因此，就算春日意外被杀，应该也不会引起太大的骚乱，天帝家会把遇劫一事小心翼翼地隐瞒起来。

整个计划对于公府密探来说再简单不过，但毕竟这次的同伙是一帮泼皮无赖，甚内的心中多少还是有些不安。

甚内悄无声息地跟在轿队后方，时刻注意着与他们保持距离。他边走边默数火把的数量，因为他知道，这次只要漏杀一个便会大难临头。

终于，轿队来到了视野开阔的十字街头。不出甚内所料，前方火把的亮光突然乱了起来。

是半路杀出的长吉手下袭击了轿队。

甚内拔出腰间的忍者刀，猛冲了过去。

护送轿子的侍卫姑且都带着武器。不过，他们还没来得及把太刀从那垂着绦带、灿烂夺目的刀鞘中拔出，就已经被长吉的手下们一一斩杀。其中几个侍卫甚至根本没有抵抗，直接趴在了地上试图溜走。没想到，堂堂的宫廷侍卫竟是如此不堪。

接下来的任务交给长吉的手下应该不成问题。

正当甚内这样想时，一个人影突然从轿子里飞了出来。

刹那间，一个长吉手下的头颅飞向了月亮。

什么?!

甚内急忙翻身躲避，藏进了路口边六地藏①石像的阴影里。

长吉的手下们叫嚷起来。那个人影像猿猴一样敏捷地穿梭于他们之中。

所过之处，长吉众手下的头颅一颗接一颗地飞向天际。

人影似乎并未拿刀。

----

① 佛教认为地藏王菩萨有六个化身，六地藏即能化导六道众生的六尊地藏菩萨。

甚内不知对方用的是何种兵器，但从身形来看，此人不像武士，想必是忍者之流。

中计了？

一丝疑虑从甚内的脑海中闪过。

是大舍人说了谎，还是自己的计划走漏了风声？

甚内思索之时，那个人影还在将长吉的手下连连斩杀。十字街头已经没有其他活人，只剩下了沉默不语的人影和一具具长吉手下的尸身。

甚内曾听说天帝家自古豢养忍者，莫非此人就是其中之一？

一番踌躇过后，甚内决定与人影以死相拼。

他拔出刀，将空刀鞘扔向了对面的草丛。

人影正在一一确认地上的尸体是否断气，听到响动后立即转头看向了草丛。甚内屏息凝神，耐心地等待着时机。

人影小心翼翼地向草丛走去。

上钩了——

甚内暗喜。

他站起身，对准人影的后背，准备投出棒手里剑①。

然而就在这时，人影像早有预料一样突然转身，猛地撒开双手，像是放出了什么暗器。

---

① 一种类似飞镖的暗器，棒状有单尖。

甚内急忙弓起身体跳向后方。

与此同时，他方才用来藏身的六地藏石像被逐一削去头颅，六颗头接连滚落在地。

在月色之下，甚内看到了什么东西在反光。

是钢丝！

极细极锋利的钢丝一端拴着重锤，缠住地藏石像的脖子后，便像切豆腐一样将整颗头颅齐齐削了下来。

甚内从没遇到过使用这门绝技的对手。

他感觉自己不能一直藏在同一个地方，于是索性跳了出来，从十字路口斜冲而过。

人影也跟着一跃而起，追赶上来。

甚内回头看时，只见人影低伏着身体紧紧跟在自己身后，几乎是在贴地飞行。

钢丝划过夜风的声音在头顶响起。甚内看准人影的小腿，挥刀从侧面横向砍去。然而，他的刀尖没能触及目标，只划破了人影的束脚长裤。

甚内毫不犹豫，及时向前逼近了几步。

两人现在距离很近，方才那种钢丝绝技是无论如何也施展不开的。

甚内压低身体蓄足力气，突然猛地跳起，用头撞向对方的下颌。

"呜——"

人影发出了一声呻吟。

是女人的声音!

人影向后退去。甚内一把抓住对手的前襟,借势转到身后使出腰投将其狠狠摔在了地上。紧接着,甚内跨步骑到人影的身上死死压住,手肘用力抵住人影的喉咙,直到对手不再挣扎。

对手力气尽失后,甚内才精疲力竭地站了起来,回身查看十字街头的惨状。

被杀的侍卫们掉落的火把引燃了地面。

甚内捡起一支尚未烧尽的火把,对着被遗忘在路中央的轿子照了照。

或许是为了掩人耳目,轿子虽然未被漆成全黑,但也被造得十分严密。

人影是从轿子里蹿出来的。假若这支轿队是用来欺骗甚内的幌子,那么轿里应该已经没有人了。不过以防万一,甚内还是决定检查一下。

轿门是敞开的。

甚内俯身看向里面,发现轿子深处居然蜷缩着一个女孩!

"……你是春日吗?"

甚内压低声音问道。

他将火把伸进轿子，照亮了女孩的脸。

只见女孩眼神里带着惊恐，微微点了点头。

如此说来，方才那个人影应该是为了防止女孩逃走才与她一同乘轿的。

大舍人没有描述过春日的相貌，但面前这个女孩远要比甚内想象的娇弱许多。

"把衣服脱下来！"

甚内厉声命令道。

长吉的手下们将找来的女尸藏在了十字路口附近的一个小仓库里。

尸体的脸已经被破坏得面目全非，头发也尽皆烧焦。只要把这个女孩的衣服穿在尸体身上，就能制造出女孩已死的假象。

轿中的女孩听到甚内让自己脱衣，似乎误解了什么，惊慌地张着嘴巴连连摇头。

甚内急不可耐，扔下手中的火把，伸手去抓女孩的脚踝，把她硬生生地拽出了轿子。

女孩尖叫起来，胡乱地扑腾着双手。

甚内抡起手臂扇了她几个耳光，待她安静之后，抓起她的腰带将衣服一举扒光。

女孩雪白的肌肤展露在幽微的月光下。

只剩一条兜裆布的女孩拼命用手掩着胸部。甚内脱下自己的忍者服为她披上，然后扛着她径直向藏女尸的仓库奔去。

来到仓库后，甚内将女孩紧紧绑在了一根柱子上。或许是因为害怕，女孩没有再抵抗和尖叫。接着，甚内把仓库里的女尸扛到了十字街心的轿子里，又用火把点燃了轿子。

确认轿子烧起来后，甚内才转身回到仓库。他为女孩松了绑，并把一件素色小袖和一条腰带递给了她。

把女孩藏在皇宫附近或是带到人多眼杂的地方，都是很危险的。

甚内决定先花上几日返回天府，再按长吉事先安排的步骤，把女孩藏进十三阁里，审讯等一应事宜都在那里进行，必要时还可以让贝太鼓役来与她见面。

一切收拾停当之后，甚内转身看向女孩。只见她把小袖套在了身上，手里攥着腰带发呆。

"怎么了？"

"我不会系。"

"啊？！"

甚内惊得嗓门都大了起来。

哪怕最低贱的宫中侍从，也都是官宦人家的子女。虽然听说宫里规定衣着必须遵照古制,但甚内这种出身的人怎么也想不到,宫中居然有人连腰带都不会系。

"拿来!"

甚内只好无可奈何地从女孩手中接过腰带,自己来帮她系上。

女孩顺从地抬起了双手。甚内把小袖的前襟在她胸前叠好,又两手环过女孩腰间帮她系上了腰带。这过程中女孩的表情极其自然,仿佛把甚内当作了她的仆人,这让甚内感觉有些不自在。

"下面穿什么?"

女孩拼命把小袖的下摆向下拽,似乎觉得露出膝盖是一件很羞耻的事。

"不穿。"

甚内冷冷答道。

宫中女侍下身通常会穿绯袴。她们这些官宦人家的子女,恐怕从没见过穿不起下衣的庶民。

"我听说你犯了错,被撤去了帐内女侍的职务,你可知这是何缘故?"

女孩正扭扭捏捏地摩挲着大腿,听到甚内的话后,神情突然变得严肃起来。

"缘故？"

"比方说，发现了天帝的重大秘密——之类的？"

甚内故意含糊其辞道。

秘密必须由女孩亲口说出才有价值。

女孩凝视着甚内，陷入了沉思。她大概是在揣测自己为何会被带到这里，以及甚内究竟是什么人。

"你刚才马上就要被杀了。"甚内看着女孩的眼睛说，"据我所查，过去也有几名帐内女侍惨遭暗杀。若只是犯了小错，想必不至于杀人灭口吧？"

女孩没有说话，似乎是有意要隐瞒什么。

"也罢。不想说的话，我就只好逼你说出来了。"

甚内的威胁让女孩面露惶恐。

"……你到底是谁？"

女孩抬眼看着甚内问。

"无可奉告。不过只要你说真话，我可以担保你性命无忧。我向来不喜欢动粗。"

公府密探办事本不必心慈手软。但若要拷打这样一个尚未成年的女孩，甚内果然还是于心不忍。

"去天府要走上好几日，你在路上仔细掂量吧。我丑话说在先，你现在已经无路可走，逃回宫中或者老家什么的就别想了。"

"我们要去天府？"

女孩睁圆了眼睛问。

四

"那个叫春日的女孩好对付吗？"

"比预想中顺从许多，会乖乖听我们的话。"甚内一边为贝太鼓役芳贺羽生守倒酒，一边说道，"不过，她还没有说出我们最想要的答案……"

贝太鼓役听罢轻轻点了点头。

他长着一张螃蟹般方而扁平的脸，眉心处一颗黑痣高高鼓起，让他看起来像是一尊大佛。与巨大的脸盘相比，他的眼睛显得极小，仿佛只有两粒黑眼珠挤在脸中央。不相识的人见到他，或许会觉得这副面相和蔼可亲。

"现在我们必须抓住这个机会，阻止天帝让位。我的地位尚未稳固，此时若皇族势力被幕府收为己用，我就没有翻身的余地了！"

幕府派使者催促天帝让位一事，他已经从甚内那里得知。

"久藏怎么还不来？"

贝太鼓役瞥了一眼酒席上倒扣的酒盏和没人动过的饭菜，

问道。

久藏也被邀请前来赴宴，但离约好的时间已经过了快半个时辰，久藏还是没有现身。区区一个机巧师竟敢让贝太鼓役空等，实在有些不像话。不过，久藏也的确像是那种不会在意这些人情世故的人。

久藏和甚内一样，都在帮贝太鼓役做事。然而，久藏和贝太鼓役之间的主从关系并非建立在彼此的信任之上，哪怕只是一起饮酒，也可能会让久藏感到不快。

甚内本想等久藏来了再进入正题，但看到贝太鼓役的心情越来越差，无奈之下只好先叫游女们进来助兴。房门开处，只见与贝太鼓役相好的太夫领着一班年轻女子走了进来，毕恭毕敬地向贝太鼓役请了安，随后便原地跪坐下来。

艺妓开始拉琴，手捏团扇与手绢的舞女们和着音乐翩翩起舞。但贝太鼓役和甚内根本没有看那些舞女，而是把视线集中在了游女队列的末尾——那个像秃童一样留着齐肩短发的少女身上。

她就是甚内从皇宫带回来的那个女孩。

不知是压麻了脚还是不习惯跪坐的姿势，女孩一直在不安分地动来动去。注意到席间的人是甚内以后，她开始频频偷瞟甚内。

这个女孩打扮起来相当惊艳。原本微卷的浅色长发被修剪得短而齐整，经过精心的梳理，每一根发丝都柔顺地笔直垂下。面施白粉，绛点娇唇，显得格外惹人怜爱。

自从被甚内带回天府，女孩就被交给了与贝太鼓役相熟的太夫代为看管。名义上，她是长吉的手下从人贩子那里买下来的。

进十三阁当了秃童，平时就总是要和其他游女一起行动，没有独处的时间。而且，这里有老鸨和男娼等人时刻代为监视，不可能给她逃跑的机会。

更重要的是，奉行所的人是禁止去十三阁的。因此，这里常常被用作密谈和暗中交易的场所。只要向太夫说明事出有因，其余的事便无须操心——越是位居十三阁上层的游女口风越紧。

十三阁里藏满了身世离奇的人，即便女孩说出自己是皇宫里的帐内女侍，想必也不会有人当真。

想要把劫持的女孩藏起来，十三阁绝对是最佳之选。

甚内心下正自盘算：等久藏来了，大家酒足饭饱，再随便找个什么理由，单独把那个女孩叫过来——

就在这时，一声猛烈的炸响撼动了整个十三阁。

乐声中断，席间的游女们纷纷惊呼起来。

不明所以的甚内迅速起身，拉开镶着黑漆边框的隔门，冲到了面向大街的回廊上。

他把着栏杆探身朝下望，只见黑色的浓烟正从下层的屋檐之下股股冒出。

甚内急忙赶回酒席，贝太鼓役已经在芳贺家侍卫的掩护下准备撤离。男娼也正引着一众宾客和游女向楼外奔逃。

"这是怎么回事?!"

贝太鼓役面色煞白地高喊道。

"楼下好像发生了爆炸。贝太鼓役大人，请您速速先行离开此地……"

"那你呢？"

此言一出，贝太鼓役似乎也察觉到了——

就在甚内出门察看情况的时候，方才分明还坐在地上的那个女孩不见了!

快去找! 贝太鼓役用眼神示意甚内。

她有可能已经跟着男娼逃了出去。然而，秃童竟会在宾客和太夫之前先被带走，无论怎么想都不合常理。

甚内心头一紧。

莫非是有人为了趁乱抢走女孩，故意制造了爆炸?

此前，十三阁也曾意外失火过几次。但这一次，作案者竟敢明目张胆地使用火药，可见此事非同一般。

十三阁的上层是幕府高官和各藩来使的集会地，下层则是恶棍、赌徒、逃犯这些横行黑道的人的老巢。这里一旦生乱，将会同时引起黑白两道的警觉,使事情变得十分棘手。奉行所的人也正是出于这个原因,才不会随便出入此地。竟然有人敢在这种地方纵火?这种事无论谁听了恐怕都难以相信。

倘若纵火者连这些事情都不懂,或者根本不在乎,那就意味着此人与十三阁毫无瓜葛。

甚内只能想到天帝家。然而京城离天府路途遥远,他们是如何得知女孩被藏在十三阁的?

甚内再一次跑到了回廊上。火势还没有蔓延至此,但人们已经乱作一团。

回廊两侧各有一段较宽的楼梯,但其中一侧的楼梯口已经冒出黑烟,爆炸似乎就发生在那边,而人群全都挤在了另一侧的楼梯口。他们扎成一堆你推我搡,焦躁地吵嚷着。

情急之下,甚内随意闯进了一间客房,越过酒席上狼藉的杯盘,又从另一道门穿出。

火势似乎还没有蔓延到这里。

甚内毫不犹豫,纵身翻过高高的栏杆,顺着陡峭的屋檐一气滑下。滑到最底端后,他抓紧屋檐的边缘,前后摆动身体,敏捷地跳进了下层的回廊。

这里已经浓烟密布。甚内沿着回廊察看一周,最后来到了一处火势正旺的地方。

找到了！

只见一个身着蓝衣和束脚长裤的人影扛着女孩，正准备翻过栏杆，跳进下方的河沟里。

直觉告诉甚内，那人正是在皇宫旁的十字街上遇到的那个女忍者！

现在回想起来，自己当时急着带走轿子里的女孩，竟忘记了检查在场的人是否全部断气。真是失策！

人影似乎也看到了甚内，却未多加理会，抬脚就要翻越栏杆。

甚内见状，急忙掏出怀中的棒手里剑向人影投去。

只可惜，棒手里剑扎在了栏杆上。人影扛着女孩一跃而下。

与此同时，设置在别处的火药又发出了炸响，回廊内整整一排的客房隔门全被炸飞，熊熊火舌从客房里喷吐而出。

一阵热浪袭来，甚内急忙后退躲避。

这时，一根缠绕在栏杆上的钢丝闪着银光，掠过了他的视野。

甚内顺着钢丝向下望去。

人影大概是用钢丝减小了落水时的速度，遥遥十数间之下的河面上，只泛起了一朵小小的白色水花。

顷刻之后，几扇被火点燃的隔门也随风飘舞着，缓缓坠入了河中。

五

"恐怕是'窥见'所为。"

路面上铺着洁白石子的天府城本丸之中，身穿便服的梅川喜八正在为一棵赤松捆扎稻草①。

"何为'窥见'？"

"就是侍奉天帝家的忍者。"

喜八一手压住稻草束使其固定，一手用粗麻绳将稻草紧紧缠在树干上，同时与一样身着便服的甚内保持着交谈。

十三阁的那场骚乱已经过去数日。

眼睁睁看到人影带着女孩逃走后，甚内也从火势渐猛的十三阁逃了出来。但最后，大火并没有继续蔓延，只有起火那层的一部分客房被烧毁了。

十三阁起火一事惊动了官衙。

虽说没有死人，但当时有许多幕府高官都正在十三阁的上层饮酒作乐，险些就被大火要了性命。除了官衙，矢车长吉手下的那些恶棍也都在红着眼睛四处搜寻纵火者的下落。

---

① 在冬季，为了保护树木免受冻害，人们会将稻草缠绕在树干上。

正当此时，公府密探的头子——梅川喜八把甚内召进城来，让他帮自己为树木捆扎稻草。于是，才有了方才的那段对话。

此事极为反常。

之前，甚内只听说过密探们为了求见喜八主动进城执岗，却从没听说过喜八把哪个密探召进城里。

或许是自己与十三阁起火有关的事走漏了风声？多半是长吉那帮人口风不严。

捆好稻草以后，喜八让甚内清扫赤松周围的地面。随后，他便哼着小曲，在树下铺起了供行人坐卧的草席。

一切都一如往常。甚内不明白喜八为何要特意把自己叫来。

为了不被喜八看透心思，甚内万分警惕，时刻注意着只从喜八那里打听必要的情报。

与老奸巨猾的喜八交谈需要万分小心。密探们往往只想问一件事，却会在不经意间把各种多余的情报悉数透露给他。

"甚内，天帝家的秘密远比你想象的要复杂得多。"

喜八铺完草席，对着自己的劳动成果满意地点了点头，又开始为另一棵赤松捆起了稻草。

"钉宫久藏现在人在哪里、在干什么，你可得仔细查查看。"

说完这句之后，喜八便和甚内漫无边际地扯起了闲话。诸如近来河畔茶馆卖的核桃酥人气颇高、中洲观音寺的人偶戏台新来了一位提线杂耍师、来春该何时为松树烧稻驱虫等等。

捆扎稻草的工作结束后，甚内就离开了天府城。

他感到有些扫兴。

甚内本以为，喜八特意把自己叫来，很可能会打破密探之间不成文的规矩，对自己正在经手的案件和贝太鼓役的企图大肆盘问。

喜八的命令不容违抗。以防万一，甚内在身上藏了几样暗器，甚至连自尽用的毒药都准备好了。然而，事实好像并非他想象的那样。

喜八到底想干什么？

甚内怎么也想不通。

事发当日，钉宫久藏始终没有在十三阁现身。就算喜八不说，甚内也已经去久藏的宅邸打探过多次。但无论是从围墙外就能望见的主宅，还是那座泥墙砌就的别邸，都没有人在里面活动的迹象。

莫非有人把久藏和伊武绑架到别处去了？甚内不禁心下生疑。

喜八口中的"窥见"究竟是何等规模的组织，甚内还不得而知。他也仅仅是在皇宫旁的十字路口和十三阁与那个女忍者打过两次照面而已。

想着想着,甚内走向了雁仁堀。

自从被派去远国赴任,他已经在京城和天府之间往返数次。每当需要藏匿行迹时,他都会在雁仁堀畔的小客栈里借宿。

越靠近雁仁堀,河水就越发浑浊,恶臭也渐渐浓烈起来。河边的窄道上卧着几个住不起店、只能裹着草席过夜的穷汉,还有几个近乎全裸的醉鬼在大声吵嚷。

"田坂!"

有什么人在背后叫自己。

甚内早已察觉身后有人跟踪,不慌不忙地停下脚步,转身回看。

不出所料,他的身后站着几个凶神恶煞的壮汉。他们须发散乱,衣衫不整,赤着双脚。其中几人故意亮出了腰间明晃晃的短刀。

甚内原本以为,既然这些人跟踪时不知道轻手轻脚,想必不过是劫匪强盗之流。但若他们知道自己的名字,事情可就没那么简单了。

就在甚内转身与壮汉们对视时,又有一拨人从路的另一侧围堵过来。大概是事先就在路边埋伏好了。

"就因为你这小子在十三阁惹事,我们的面子都丢光了!长吉老爷要找你问话!"

甚内心中暗暗叫苦。

自己刚从喜八那里脱身,就又被长吉盯上了……

这就是在十三阁惹乱子的下场,麻烦事会接踵而至。

从劫持皇宫中的女孩那时起,长吉一伙人就与此案牵连甚密。一旦东窗事发,长吉也同样会遭到奉行所的拘捕,他一定正在为此忐忑不安。

"请你们放我一马。我也正在找纵火的人。"

"长吉老爷只要我们带你过去!"

看来,好好说话是没用了。

当然,甚内并不打算束手就擒。

长吉视这些走狗的命如草芥。就算把他们杀掉,只要事后加以弥补,想必也无甚大碍。

虽说如此,可对方的人数实在太多了。

甚内纵然武艺高强,也绝难以一当十。于是,他决定先杀掉其中的两三个,然后趁其他人惊恐之际火速逃离。

甚内握紧了腰间的刀,紧张的空气在长吉手下之间蔓延。

突然,甚内左手拇指猛按刀锷①,将刀推出了鲤口。对面的一个壮汉见状,立即用短刀刀尖对准甚内冲杀过来。

甚内微微闪身躲过刀锋,旋即就势回身,一刀砍在了壮汉的

---

① 装置于刀身与刀柄之间的盘状金属物,以护手为主要目的。

背上。

一声撕心裂肺的哀号响彻了雁仁堀。

甚内毫不迟疑，提着刀继续向前方的敌阵冲去。

正对面的男人慌忙握起刀柄，但他还没来得及拔刀，就被凌空跃起的甚内一脚踢进了臭河沟。

甚内沿着杀出的血路疾跑而去。

路边屋檐下看热闹的人们纷纷起哄叫好。甚内不加理会，跨过睡在道边的醉汉，径直沿着河岸飞奔。

长吉手下们的怒吼声渐渐远去。甚内跑了一阵，在雁仁堀的尽头停下脚步，转身回看。身后只剩下四五个人仍在死命追赶。见甚内不再跑动，他们有的累得原地瘫倒，有的倚在门板上大口喘着粗气，还有的捂着肚子向河中哇哇呕吐起来，而甚内却依然气定神闲。

要结果这几个残兵败将轻而易举，但甚内已经没了兴致，于是甩掉刀上的血，将刀收回了鞘中。

比起收拾他们，甚内更在意另一件事——

从开始逃跑时起，一只可疑的船就一直在河中跟着自己。

他本以为那是雁仁堀常有的那种带船舱的卖春船，但定睛一看却并非如此。

甚内刚一停下脚步，那只船便掉转方向，朝着岸边驶来。

这下又是谁来找麻烦了？甚内正自狐疑，忽然一个熟悉的声音传入耳中。

"甚内大人！甚内大人！"

"你是……伊武？"

小船缓缓靠近。只见摇橹女子穿着红色小袖，将两手袖口都绑了起来，额头上还缠着一条手巾。

"这么说，久藏现在也躲起来了？"甚内问道。

水雾蒸腾的洗浴间里，伊武正手持米糠袋为甚内搓背。她将袖子利落地绑在身后，下摆卷起掖进腰带，膝盖也裸露在外面。

"对，他说是因为有大事要办。"

伊武拎起手边装有热水的水桶，从甚内的头顶猛地浇下。

一旁的小男孩见状笑出了声。

甚内用手掌撸了把脸，也不禁苦笑起来。

"也来给我搓搓呗？"

一个声音从洗浴间的另一个角落传了过来。

甚内看过去，只见一个约莫三十多岁、体态丰盈的中年妇女正在向伊武招手。

"阿富，不许欺负我们伊武！"

更衣处正中的朱漆高台上，澡堂的老板娘探身说道。

伊武从甚内身边走开，来到了招呼自己的妇女跟前，开始为她搓背。甚内心下暗暗称奇。现在的伊武，与先前在中洲观音寺参拜时判若两人。那时的她总是面带愁容，而现在的她却充满了活力。甚内没听说过女子也能当搓澡工，但伊武似乎并不介意，专注地享受着这份工作。

洗浴间为男女共用，泡澡间则另设在里边。甚内弯下腰，钻进了泡澡间入口处的矮门。

浴池里空无一人，正合甚内心意。

他坐进池子，让热水浸泡至肩，才终于从紧张的情绪中缓过劲来。

您被人盯上了。

这是伊武见到甚内后说的第一句话。

她口中的"人"指的当然不是长吉手下的那些壮汉，而是梅川喜八的手下——这群人即使在公府密探中也是精锐中的精锐。

甚内被狠狠算计了一番。

喜八故意召他进城，其实是为了派人跟在他的身后，看他出城后会去往哪里、见什么人。他或许是怀疑甚内正与钉宫久藏暗中勾结。

伊武知道甚内常在雁仁堀畔的客栈借宿，于是便借来了这只曾为十三阁开设的浴船，提前在河中等他。

一旦跟踪目标上了船,再精明的密探也会无计可施。喜八的手下现在一定正在为甚内的侥幸脱身而恨得牙根直痒吧。

甚内从浴池中站起身,披上浴衣,登上了更衣处的窄梯。

窄梯之上的夹层只有六尺来高,甚内弓着身体行至深处,为头发搽油。这时,伊武也爬上楼来。

"想不到,你竟然会藏在澡堂里。"甚内苦笑道。

伊武解开绑束小袖的绳扣,开口道:"老板娘千岁待我就像亲生母亲……"说到这里,伊武微微颔首,用双手捧住了脸颊,"她说等天德大人回来了,就让我坐到高台上接替她的工作。"

甚内发现伊武的脸颊微微泛红,不知这是自己的错觉,还是久藏用机巧设计的机关。

"天德?那又是谁?"

"哎!您不知道吗?就是那个取得过大关①的天德鲸右卫门大人呀……"

伊武双眼圆睁,无比激动。她似乎不敢相信还有人没听说过天德。

"天德大人直到前些日子都还在这家澡堂做工。但现在,他因为一些事情不得不暂且离开。老板娘千岁很是担心,于是,我便来到这里把天德平安无事的消息转告给她。自那之后,她一直

---

① 原为相扑力士的最高位,现在其地位仅次于横纲。

待我很好。"

"我说……"甚内耸了耸肩,"你上来不只是为了告诉我这个吧?"

时值正午,更衣处的夹层上只有甚内和伊武两人。

"……我有一事要和您商量,钉宫大人对此并不知情。"

伊武坐直了身体说道。

对久藏都保密?看来此事非同小可。

"眼下,钉宫大人的宅邸很可能在被梅川喜八的手下监视。"

甚内点了点头。喜八既然会派人跟踪自己,想必在久藏宅邸那边也早就安排了人手。

"钉宫大人让我助您脱身之后就藏在这里,直到这场风波平息。可是……"

"可是什么?"

"那些人见宅邸里始终没人,可能会放火烧掉它,我一直担心得不得了……"

"哦?"

甚内不知道伊武到底想说什么,皱起了眉头。

"大人还记得吗?那个,那个画着长须鲸的方匣子……"

"啊……"

甚内想起来了。是那个之前在久藏宅邸里看到的,被伊武视如珍宝的方匣。

"万一宅邸失火，匣子也会被一并烧掉。趁着现在还平安无事，我想您会不会有什么办法，可以帮我把它取出宅邸……"

"你对那个凳子可真痴情啊。"

"那不是凳子！"伊武愤然道，"还有，我才没有对谁痴情……"

这一次，她的脸颊转瞬之间便红了起来。甚内终于确信，那不是自己的错觉，而就是通过某种机巧传动实现的。从方才开始，伊武的言行就有些让人摸不着头脑，看来机巧人偶的思维确实非常人所能理解。

"这个……不太好办。"

明知有埋伏还要冒险潜入宅邸，显然不是明智之举。

见甚内面露难色，伊武的眉心也添了几道皱痕。

"好吧，我不会再求您了。我自己去。"

"等等！"甚内叫住正要起身的伊武，思考片刻后说道，"算是卖你一个人情吧，我可以试一试。"

话几乎是脱口而出的，他也不知道自己为何会答应面前这个少女。

"不过，能不能成功我就不敢保证了。"

听到甚内的话，伊武连连点头。

甚内本以为钉宫久藏会在宅邸里设下各种各样的机巧机关，但根据伊武的话，久藏似乎并没有那样做。

是夜，月相成朔，人迹罕至的钉宫宅邸被包围在一片寂静与漆黑之中。

身穿忍者服的甚内观察着周围的动静，小心翼翼地向宅邸靠近。

自从与钉宫久藏和伊武扯上关系，自己身边的麻烦事就接连不断。他之前怎么也想不到，自己竟会如此频繁地穿着忍者服四处闯荡。

甚内压低呼吸声，潜入了宅邸。

伊武心心念念的那个画着长须鲸的方匣应该和上次一样，放在宅邸深处那个会客用的房间里。

本来，他要做的只把方匣搬出来再带回澡堂而已，可现在却搞得像是在做贼。

甚内不禁苦笑——想不到自己竟会沦落至此。

就在他轻轻拉开隔门、进入房间的那一刹，笑容在他的脸上骤然凝固。

"甚内，之前你躲到哪儿去了？"

是梅川喜八的声音。

甚内大惊失色。

明明只有一两间的距离，他之前在房间外察觉不到一丝异样，一进门却顿时感觉到汹汹杀气。

或许是因为高度恰好适合落座，喜八跷着腿，正坐在甚内想要取走的长须鲸方匣上。

"我看你是有所误会。告诉你，公府密探是幕府大将军的直属家臣，就算俸禄是从别处领的，一切行动也都应该把幕府的利益放在首位。"

这时，房间外也有几个人影像幽灵一样冒了出来，想必都是喜八的手下。

"贝太鼓役究竟掌握着什么秘密、对幕府有何图谋，你身为公府密探，现在就好好给我交代清楚吧。"

甚内一时陷入了迷茫。喜八的话不无道理。公府密探理应是维护幕府稳定的忍者，而他却在不知不觉间，变成了自己金主的走狗。

就像贝太鼓役当年派钉宫久藏去几戒院当内贼一样，喜八也想让甚内在佯装效忠贝太鼓役的同时，暗中将贝太鼓役的阴谋透露给自己。待有朝一日贝太鼓役深陷危局，再利用这些证据向他捅上最后一刀。

若自己顺着喜八的意思，将贝太鼓役的事情一一交代，喜八应该不会对自己怎样，说不定还会重用自己。

然而，甚内最后还是摇了摇头。

就连他自己也感到十分惊讶，从前的他是绝对不敢违抗喜八的。

"真是拿你没办法……"喜八叹了口气，"我本以为你是个前途无量的密探，看来是我想错了。"

甚内知道，喜八这句话的意思不只是要解他的任这么简单。他明显感觉到，杀气已经逼近到了自己身后……

六

潜入钉宫宅邸的甚内下落不明。

数日之后，天帝驾崩的消息便传遍了天府。

宫里那些人终于瞒不下去了——

春日看罢街上买来的读卖小报①上的消息，如此想道。

风波终于趋向平息，她可以去执行自己真正的任务了。

得知天帝驾崩，中洲观音寺的人偶戏台也宣告歇业一日。之前的这段时间，春日一直藏身于此。

---

① 江户时代的一种简报。卖报人会一边朗读报上的信息，一边沿街贩卖，因此名曰"读卖"。如今在日本影响力极大的全国性报纸《读卖新闻》正是沿用了这个名字。

虽说手艺就是铁饭碗，但春日能在这里当上杂耍师实属侥幸——是长年为戏台供奉资财的钉宫久藏帮忙引荐了她。意想不到的是，精湛的手艺一下子让她声名远扬，这反倒令她有些苦恼。

春日离开中洲观音寺，踏上了跨河而建的十间桥。这时，只见一个身穿红色小袖的女子迎面走来。

虽说是第一次见，但春日还是顿觉一道闪电贯穿了脊梁。

这个女子和天帝陛下一样，也是个机巧人偶！

钉宫久藏果然名不虚传。

天帝陛下总算有救了——

一股热流从春日的心头涌起，眼泪几乎就要夺眶而出。然而，对面女子的目光却冷峻异常。

"您就是皇宫的帐内女侍，春日吧？"

女子在离春日几步远的地方停下了脚步。

参拜的人流从她们身旁绕行而过。

"我奉钉宫大人之命，前来迎接您和天帝陛下……"说到这里，女子摇了摇头，改口道，"不，是天帝陛下的机巧人偶。"

"甚内，你可以滚了！"

甚内前胸紧贴盘住的双腿，被五花大绑着翻倒在地。他一边痛苦地呻吟,一边蠕动着身体向上看去。

一尺见方的盖子被打开了。洞口外,梅川喜八的手下正一脸坏笑地俯视着甚内。

"你们把我绑成这副样子,叫我怎么出去?!"

"事到如今你还敢嘴硬? 接着!"

一把小刀从洞口落了下来,在积满粪尿的地上溅起了一片臭汤。

"剩下的就靠你自己了,等你解开绳子我再过来。"

这里是天府城内的密探公邸。

甚内被关在了茅厕的便坑里。

所谓的"便坑",其实是一个三间见方,深度也约有三间的小屋。从屋中散布的骷髅和白骨来看,这里以前也有其他人被关押、拷打过。

甚内蠕动着身躯,沿着滑溜溜的地面蹭到了小刀旁边,用嘴叼起小刀,割开了绑在手脚上的绳子。

"万幸,我比你的下场要好一些。"

甚内苦笑着对身旁爬满蛆虫的骷髅说。

所以,外面究竟发生了什么?

"贝太鼓役芳贺羽生守被处了切腹之刑。"

梅川喜八对甚内说。此时,甚内已经被从便坑里拉了上来,彻底洗净了身体。

"你瞒着幕府,暗中与皇宫的大舍人见过面了吧?"

那个大舍人似乎是把一切都招了,甚内万分悔恨没有早点将其灭口。

喜八正在用大剪为宅院里的盆栽修枝剪叶。

甚内下意识地看向了自己的手。左右手的小拇指、左手的无名指,都已经被从根部齐齐剪去。除此之外,他身体上缺失的部位还有左膝后方的筋腱、几根脚趾,以及左耳。它们都是被喜八用那把锋利的修枝剪剪掉的。

"不单如此,芳贺家还被改易,贝太鼓役一职从此也废止了。"

背着幕府与皇宫中人暗自勾结,还杀害了宫里的侍卫和轿夫、劫走天帝的帐内女侍——这些全都违反了幕府法令。作为重罚的理由,已经绰绰有余了。

喜八重重地将大剪放在台子上,从身边的手下那里接过水桶,开始用长勺舀水浇灌盆栽。这里的每一盆花草,都是喜八经年累月精心栽培的。喜八会根据时令不同,将当季的花卉摆在天府城的各处以作装点。

"……天帝驾崩了?"

甚内方才从喜八口中听说了这件事。

"可不是？比留比古亲王这块硬骨头也终于向幕府屈服了，新天帝马上就要即位了。"

若果真如此，天帝家就要被幕府架空了。

甚内感到事情有些蹊跷。

那个从天帝"诞生"之日起被隐瞒了整整三十年的秘密，怎么会就这样以"驾崩"草草作结？

在这种紧要关头，为了保住天帝家的地位，难道不是更应该由机巧人偶继续扮演天帝吗？

突然，甚内的脑中闪过一道白光。

他终于悟出了春日"犯错"的真相。原来之前他一直都被蒙在鼓里，照此说来……

甚内不敢再继续往下想了。或许，他从一开始就全搞错了！

"凭现在这副身体，你已经不能再当飞檐走壁的忍者了。你的主人贝太鼓役死了，而你也不再是什么公府密探。官府的户籍册上已经没有了你的名字。"

也就是说，从走出天府城的那一刻起，甚内就将沦为一个身负残疾的流浪汉。

"看在新天帝登基的份上，我就饶你一命。"喜八装出一副慈眉善目的样子说，"不过呢，真正的原因其实是尸体的腐臭比大粪还难闻，我实在受不了……"

他说罢耸了耸肩,又用长勺舀水浇起了花。

被赶出天府城时,甚内裹着脏兮兮的衣服,赤着脚,腰间只缠了一根麻绳。他就这样径直向钉宫久藏的宅邸走去。

路上的行人见到甚内这副样子,都纷纷避之不及。

甚内一边走,一边不停地思考着。

若他的猜测是对的,那么从在十字路口打劫轿队时起,他就犯下了大错。

正行走间,冷雨像薄雾一样悄无声息地飘洒下来,像是在应和甚内此时的心情。

甚内用赤脚踩着潮湿的地面,来到了远离天府城的钉宫宅邸。

他穿过围墙上的小门,来到主宅的大门前,叩响了那扇门。

"甚内大人?!"出来开门的伊武慌忙搀扶住将要瘫倒的甚内,"甚内大人,原来您还活着!"

"可惜没能帮到你,那个凳子还好吗?"

"什么?啊……还好,他平安无事。"伊武像是咽下了什么想说的话,改口道,"快进来疗伤……"

"没事,暂时还不用。"

甚内说罢坐在了玄关处的台阶上,向伊武讨了碗水。

"让我见见她。若我猜得没错，她应该就在这里。"甚内将伊武递来的水一口饮干，看着她的眼睛说，"天帝的机巧人偶……"

伊武的脸色骤然生变。

"我错把她当成春日了。"

七

"不可思议……这都是比嘉惠庵一点一点亲手做出来的？"

钉宫久藏一边调节着单眼放大镜筒的焦距，一边不住地发出感慨。

屋子正中有一张大大的操作台，周围分布着四个狭长的小台。

大台之上躺着一具单薄的胴体，四个小台上分别放着四肢。成百上千根粗细不一的钢丝与软管从台子之间悬垂下来，连接着胴体与四肢的断面。其中最细的纤如发丝，最粗的壮如拇指。

最惹人注目的，当属略高些的台子上的那颗人头。

春日最爱的那头淡栗色的微卷长发，如今被剪成了秃童一样的齐肩短发，将天帝清纯可爱的面庞衬托得恰到好处。

人头与胴体之间也悬垂着无数钢丝与软管。天帝闭着双眼，看起来就像是在熟睡，唯有眼睑会时不时地抽动两下。

"春日，你就是窥见吧？"

那个深夜，已传唤过"陛下安寝"的皇宫深处，被戳穿身份的春日在天帝帐内愕然无语。

不能对面前这个人说谎。

即便她是机巧人偶，也依然是自己誓死效忠的天帝。

春日生在窥见世家。十二岁那年，比留比古亲王把天帝是人偶的秘密亲口告诉了她。

她来当帐内女侍的真实目的，是暗中监视其他与天帝近距离接触的帐内女侍，确认她们当中是否有人发现了天帝的秘密。

不只是在"外朝"和"内廷"，回到侍女房后，春日也要时刻监听帐内女侍们的闲谈。她会在必要时加入闲谈进行试探，一旦认定可疑之人便立即上报将其处死。

出卖与自己年龄相仿的要好同伴，眼睁睁地看着她们被接连暗杀……即便春日从小就接受了严苛的窥见训练，偶尔也会感觉心如刀绞。

每当这时，她就会愈发尽心尽力、无微不至地照料天帝的起居，想要以此来忘记心中的悲痛——越是崇拜天帝，其他人的死活就越显得微不足道。春日明知天帝是机巧人偶，对她却比对真人还要用心，这是春日保护自己的一种方式。

"春日,你就是窥见吧?"

天帝的问话让春日如获大赦,激动得流下了眼泪——她终于不用再对天帝有所隐瞒了!

"你会保护朕吗?"

天帝是在向身为窥见的自己寻求帮助。

春日心意已决。

就算是与整个天帝家和所有窥见为敌,也一定要护得天帝周全。

"把朕带到这世上的比嘉惠庵大人已经不在人世。"

为此,天帝的身体已经很久没有得到修缮,机巧部件正在逐渐老化。

"惠庵大人当年办了一家名叫几戒院的私塾。就在他煽动倒幕、即将被捕之前,私塾里有一位机巧师突然行踪不明。"

幽暗的寝宫里,天帝在幔帐之内对春日轻声耳语。

"惠庵大人说他是内贼,但因为看中了他的才华,所以一直假装蒙在鼓里。"

"那……"

春日情不自禁地开口搭话。她打破了"不能与天帝说话"的禁令,在紧张的同时感到无比畅快。

"他当年应该未遭斩首,兴许还活在这世上。如今能为朕修缮身体的, 天下仅此一人。他的名字叫钉宫久藏。"

"那我们把他接来宫里便是?"

面对春日的提问, 天帝摇了摇头。

"不, 朕要出宫去见他。"

虽然天帝说得十分轻巧, 但春日还是被这句话的内容惊得目瞪口呆。

"陛下要出宫?! 这……"

春日心下着慌, 一时不知该说什么好。

"朕自有考虑。春日, 现在除了你, 没有人能帮朕这个忙了。"

天帝的话让春日心醉神怡。

"钉宫大人。"

春日正在回忆皇宫里发生的一幕幕往事, 伊武突然开门走了进来。

久藏没有理会伊武, 依然聚精会神地观察着天帝体内的机巧构造。

一看到跟在伊武身后的男子, 坐在角落里的春日忽然神色大变。

"且慢!" 男子叫道, "我这次什么也不做, 你也别动手。"

虽然形貌大变, 但春日还是认出了他就是在十字路口追杀自己，还把天帝劫走、藏到了十三阁里的那个人。

"我是公府密……不，已经不是了。我叫田坂甚内。"

"别在这里乱来，碰坏了这具机巧人偶我概不负责。"

久藏始终未从天帝身上移开视线。

春日将已经掏出的钢丝又塞回了怀中。

"原来你才是春日。"自称甚内的男子咬牙切齿地说。

就是这个人，打乱了春日原本的计划。

春日轮值守夜之日，天帝佯装体内的机巧停转，让春日瞒着命妇先去向比留比古亲王禀报。

即便不出此事，亲王也已经在为幕府催促让位一事急得一筹莫展了。春日向亲王提议，对外谎称是自己"犯了错"，而后像其他发现秘密的帐内女侍被带出宫暗杀时一样，用配有侍卫的轿子把天帝抬出宫去。当然，侍卫们不会被告知轿子里的人是天帝。春日与天帝同乘轿子离开皇宫，去找那位名叫钉宫久藏的机巧师暗中接受检查和修缮。

对宫内之人，只说病重的天帝派春日一人出宫办事，不使他们知道天帝已经出宫。待天帝的身体修缮妥当，再将知情人等全部灭口。

比留比古亲王同意了春日的提议。

按照春日的计划，即便甚内不来打劫，她也会伺机跳出轿子将侍卫和轿夫统统斩杀,然后再带着天帝赶赴天府。

然而出乎意料的是,轿队竟然在十字路口突然被劫,就连春日自己都险些遇害。

春日最后虽然侥幸逃脱,但天帝却被带走了。

轿子里已经没有了机巧天帝,只有一具身份不明的死尸。

而真正的天帝此时已经将计就计,谎称自己是春日,跟随甚内来到了天府……

就在甚内与春日虎视眈眈地盯着对方时,操作台上的天帝头颅如梦初醒一般缓缓张开了双眼。

女孺每日清晨的传唤声在春日脑海中响起,令她倍感怀念。

陛——下——起——身——

那样悠闲的日子,已经再也回不来了。

"我听说芳贺家已经改易,贝太鼓役一职也就此废止了……"

听了久藏的话,甚内无言地点了点头。

"我这个精炼方技师想来也快要被免职喽。"

久藏取下夹在眼皮间的放大镜筒,站起身道。

或许是精密的操作让他肩颈僵硬,久藏咔吧咔吧地左右晃着脑袋,伸手揉了揉肩。

"当秘密不再是秘密,也就不能当作什么筹码了。过不了多久,幕府大概就要开掘天帝陵了。"

"那个地方……"伊武喃喃道。

"沉睡着'神代之神器'。"操作台上的天帝头颅接过了伊武的话。

天帝的声音在春日听来与往日略有不同,或许是经过了修缮的缘故。

天帝被甚内带走后,春日一直追到了天府。

她不知道天帝被藏在了何处,无奈之下只好先去寻找钉宫久藏。她把短刀架在久藏的脖子上,"请"他为天帝修缮身体。

没想到,久藏不但毫无惧意,反而还对此表现出了浓厚的兴趣。

就在这时,贝太鼓役派人来找久藏,邀请他与自己和甚内一起在十三阁会见一个名叫春日的帐内女侍。

听闻此事,春日顿时明白了天帝是在借用自己的名字隐藏真身。

钉宫久藏那日之所以没在十三阁露面,也是出于这个缘故。

若贝太鼓役和甚内知道了那个自称春日的女孩其实就是秘密出宫的天帝,很可能会将她一直软禁下去。

钉宫久藏急于查看天帝的身体,而春日也希望天帝的身体能尽快得到修缮。于是,久藏与春日联起了手。

之后春日顺利地从十三阁夺回了天帝,只是手段过于张扬了。

为了躲过官衙的追查，久藏不得不搬出宅邸，又派伊武藏在澡堂里伺机搭救甚内。

机巧天帝的修缮工作只有在久藏的别邸里才能完成。

为此，久藏权且把春日和天帝藏在了中洲观音寺的人偶戏台。他以前曾在那里做工，因而颇有些人脉。

凭借窥见的非凡身手，春日顺利以杂耍师的身份潜伏在了人偶戏台。

等到皇宫再也瞒不住天帝失踪的事，对外宣称"天帝驾崩"或者同意让位，这场风波才能算是平息。那时，监视久藏宅邸的密探自会撤去，如此久藏便可以静下心来为天帝检修身体。

这个计划堪称完美，却唯独害苦了甚内。他被矢车长吉和公府密探追得东奔西跑，到头来却全都是白费力气。贝太鼓役因此被处以切腹，芳贺家遭到改易，就连贝太鼓役这个官职也正如其他幕府官吏期盼已久的那样，被废止了。

"你怎么拖着条腿，耳朵和指头也不齐全了？"久藏不以为意地说，"伊武不该叫你去做那种蠢事，我稍后来为你医治。"

"你不是郎中，也能治这种伤？"

听甚内如此发问，久藏扬起了一侧的嘴角。这还是他头一次在甚内面前露出表情。

"郎中都治不好的伤,我却能治。"

八

身上的伤痊愈后,甚内与伊武结伴穿过十间桥,向中洲观音寺走去。

他们本想邀请久藏同往,但无奈久藏兴致不高,最后只好作罢。

甚内回想起了自己远国赴任之前,在十间桥头与伊武分别时的场景。

没想到不过数月之间,一切都已发生了巨大变化。无论是周遭的人和事,还是自己的这副身躯。

甚内看了看自己本已失去的几根手指。

它们现在又原封不动地出现在了原处。

练习用机巧腿走路确实花了一段时间,但现在他已经能像常人一样跑跑跳跳了。

"现在,我说不定更能读懂你的心了。"

甚内边走边试探着对伊武说。

"您不会读懂的。"伊武冷冷地回答,旋即又绽出微笑,"就算是真人与真人之间,也不可能完全相互理解吧?"

说来也是。

从这一点来看,人和机巧人偶倒是没什么两样。

两人走下十间桥,穿过商铺街和梵天门,来到了宽阔的广场上。

曾经架设人偶戏台的位置上,如今搭起了一个大戏棚。

四根粗柱将棚顶的厚布高高支起,无数绳索连缀其间,绳索末端用桩子固定在地上。

进场口人头攒动,周围聚集了许多卖吃食的商贩。戏棚摆出的招牌上,有的画着半人半兽的可怖鬼怪,有的画着姿态滑稽的曲艺师①,而位置最显眼的一块大大的招牌上,画的是一个提着线的少女。

甚内和伊武走进戏棚,正巧赶上春日在挤满了戏棚的看客面前大显身手。

支撑着棚顶的粗柱之间拉着绳索。只见春日穿着薄如蝉翼的衣服,在绳索之上敏捷地飞翻腾跃,手中抛出的钢丝把十数根排成一排的蜡烛顺次打熄,登时博得了满堂喝彩。比起用钢丝来杀人,还是现在这个工作更适合她。

两人的目光移向了角落里的鼓手——此人正为春日的表演打鼓伴奏。更确切地说,是在努力让自己的鼓点跟上春日的动作。

---

① 类似于小丑。

鼓点的节奏飘忽不定，严重干扰了看客的兴致。但春日却毫不在意，反而主动让自己的动作去配合那忽快忽慢的鼓点。

"散场后去打声招呼吗？"

"还是算了吧。"

甚内犹豫片刻后答道。

为春日敲鼓的，正是曾被称作"天帝"的那个少女。

甚内和伊武离开戏棚时，里面的表演还在继续。

翌日傍晚，甚内陪同伊武再次来到中洲观音寺完成她每日的百度参拜。此时戏棚早已撤去，广场上空空如也，唯有一阵萧瑟的秋风扫过。

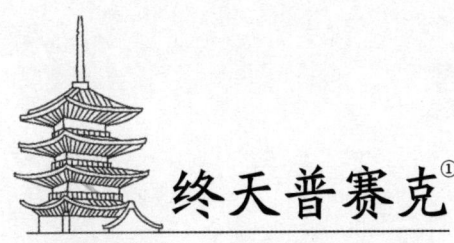终天普赛克[1]

---

① 罗马神话中的灵魂女神。

一

"这是……"

看到天帝陵深处那个铁龛的瞬间，公府密探梅川喜八不觉发出了一声惊叹。

皇宫正中广阔的五角形区域里有一座"假山"。"山"上罩着一层黑亮的铁皮，犹如一张巨大的龟甲。铁皮之上纵横交错着无数粗大的铁制脚手架。

皇宫还未迁来之时，这里便一直是禁入之地。不过看这副样子，戒备也未免过于森严了些。

光是凿开那层不知如何锻造出来的铁皮，就足足耗费了百余日。铁皮下方是一个散发着霉臭的巨大石穴，而那个铁龛就位于石穴中央。

早已有十几个壮工来到了石穴中，正商量着如何把铁龛弄出去。

喜八举起手中的提灯，细细观察那个铁龛。它高约九尺，长宽皆约一间，须弥座①上精雕细刻着繁复的花纹。

据此前已经来勘察过的幕府精炼方长官藤林佐江守所言，铁龛是如何被封印的，又是如何被雕刻得如此精巧的，今人已经不得而知。

站在石穴中抬头仰望，铁皮上大开的穴口之外，唯有交错的钢筋铁架和澄澈的碧空。

确认过搬运铁龛的工序以后，喜八踩着木梯爬出了石穴。

整片区域中，精炼方的众多壮工和喜八手下的公府密探正在各自奔忙。开掘天帝陵是一项秘密任务，选用的人手基本上都是从天府直接带过来的。

地上到处都是弃土堆和各式工具，周围临时搭建了几间遮阳用的小木屋。现场凌乱嘈杂得堪比建筑工地，皇宫的富丽雅致荡然无存。

起初，幕府的人还对宫中群臣礼让三分。但现在，他们已经敢堂而皇之地出入皇宫了。越严苛的禁令就越经不起破坏，要不了多久，只准朝廷重臣进入的"内廷"和天帝寝宫也会被他们翻

---

① 安置佛、菩萨像等的台座，后指用于建筑装饰的一种底座。

个底朝天。

在喜八的指挥下，几个身手敏捷的密探攀上高高的铁架，在石穴上方悬挂了十多个一抱粗的巨型滑轮。

接着，他们把掺了女人发丝的梵钟吊绳缠绕在滑轮上，又用这些绳子的另一端捆住了铁龛。

一切准备就绪后，天帝陵上好似覆盖了一张巨大的蛛网。

"开始吧。"喜八对前来通报准备完毕的手下命令道。

"但愿这次能万无一失……"坐在油纸伞下监工的佐江守沉吟道。

"遵命。"

这已经是幕府第三次派人来挖天帝陵中的铁龛了。

第一次是由于铁龛太重而根本没能提起。第二次好不容易将铁龛提起了一间来高，绳子却突然崩断，石穴里的许多壮工被当场砸死。若这一次还是失败，喜八就只能再想别的法子——毕竟，这关系着他这个工头的颜面。

得到指示后，四队壮工分别拉起四根不同方向上的绳子，一步步向后退去。

刚一开始，只见乌黑油亮的绳子逐渐被拉长，但石穴中的铁龛却纹丝未动。

喜八正要为第三次失败而咂舌叹气，忽然只见绳子一紧，铁鼋缓缓离开了地面。

绳子已经只剩原来的一半粗细,韧性却反而增加了许多。

铁鼋的歇山顶①露出了穴口,候在周围的壮工小心翼翼地扶稳铁鼋,使它垂直穿过了大小刚好足以通过的穴口。

喜八紧张地咽了咽唾沫。上次,铁鼋就是在这时坠断了绳子,砸死了下面的人。

但这一次,由于增加了滑轮的数量,还更换了绳子的材质,铁鼋终于被顺利提出了穴口。

铁鼋完全悬空后,石穴里的人尽皆爬出,候在外面的壮工立即用一尺厚的木板将穴口严严实实地盖了起来。

按照计划,壮工们要先把铁鼋放在木板上,解开它上面的绳子。接着再用土石在铁鼋旁铺一道缓坡,将它沿着缓坡慢慢挪动到平坦的地面上。再之后,就可以正式开启铁鼋了。

然而——

即便是使用了橡木、樱花木等坚硬木材,木板还是在铁鼋被放上去的瞬间吱呀作响,几乎快要断裂。

"别松手!"

喜八对拉绳子的壮工大喊。

不料,这绳子一松一紧,反倒让铁鼋歪向了一边。

---

① 又名九脊顶,东亚建筑屋顶样式之一。

还没等众人反应过来,倾斜的铁龛已经顺着覆盖天帝陵的铁皮咕噜咕噜滚了下来。

滑轮承受不住铁龛的拖拽,从铁架上崩飞,好几个拉绳子的壮工也紧跟着被弹到了空中。

喜八眼疾手快,揪起坐在旁边的佐江守的襟口,匆忙向后跃出几间。

顷刻间,飞速滚下的铁龛重重地砸在了喜八方才所站的位置,击起了大片尘土。

喜八瞥了一眼面色煞白的佐江守,确认他平安无事。

现场乱成了一锅粥。拉绳子的壮工头朝下跌落在地,被铁龛碾伤的人们流着血连连哀号。

喜八并未理会伤者,径直冲向铁龛。

铁龛的须弥座裂开了一道缝隙。

喜八心下暗喜。

依照原计划,把铁龛顺着铺好的缓坡挪到地面上都需要数十日,而之后还需花时间把它的盖子凿开。而现在,铺缓坡和凿盖子这两道工序都可以省了。至于有多少名精炼方的壮工和自己的手下为此流血丧命,喜八一点也不在乎。

这时,一个小东西突然从铁龛须弥座上的裂隙里飞了出来。

喜八毫不犹豫,上手一把将它抓住。

那东西在他的手心里跳动不停。

等它安分下来，喜八才张开了手掌。

一只蟋蟀正轻颤着触须趴在掌心。

这可真是个好兆头。

喜八窃喜，从怀里掏出一个竹筒，把蟋蟀装了进去。

往年此时，喜八都会怀揣竹筒和虫罐，一边在天府城中修剪花木，一边搜罗斗蟋用的蟋蟀。今年由于身负开掘天帝陵的要务，他本已放弃了找蟋蟀的事。

让雄蟋蟀厮斗的"斗蟋"活动，最初就是从皇宫流传到民间的。

在宫里捉到的蟋蟀，必定是上等货色。

封印了数十年的天帝陵的铁龛中竟然蹦出了活蟋蟀，这确实令人匪夷所思。或许是偶然钻进石穴的蟋蟀藏在了铁龛底座上的纹路里。

喜八这般想着，把竹筒重新塞入怀中，继续对着乱作一团的人群发号施令。

二

"钉宫大人什么时候才能为天德大人制作身体啊……"

伊武痴痴地说。

此时她正坐在钉宫宅邸的廊沿上,面朝着庭院。田坂甚内欣赏着她的侧脸——纤长睫毛下的眼尾泛着泪光,晶莹闪烁。

不管过去多少年,伊武始终都是如此青春貌美,与甚内在中洲观音寺的百度石前初见她之时一模一样。

甚内开口道:"我已向久藏大人习学机巧十年,深谙此中学问之深。虽未见过天德鲸右卫门生前的样子,但我想,相扑力士的身体做起来大概要比普通人困难得多。"

"什么'生前'?! 说得好像阿鲸已经死了似的……"

见伊武狠狠瞪着自己,甚内慌忙摇头解释:"得罪得罪! 我只是随口一说,并无他意。"

"等钉宫大人回来了,能不能也帮我求求他?"

"一定,一定。"

甚内答应后,伊武叹着气走回了屋中,心情似乎有些低落。

天德是伊武曾经仰慕过的一个相扑力士。出于种种事由,他不幸被人残害到了濒死的地步。情急之下,久藏用机巧把他封进了一个方匣,暂且保住了他的性命。

甚内独自坐在回廊上,凝望着面前空荡的庭院。

素土地面上无石无木,整个院子一如既往地透着荒凉。

十年了……

回想起来，一切都仿佛发生在眨眼之间。

自天帝驾崩的消息传开，在幕府内部暗中作怪的贝太鼓役芳贺羽生守被判处切腹，已经过去了整整十年。

表面上看，世道已经回归太平。

贝太鼓役一职废除后不久，钉宫久藏也被撤去了精炼方技师的职务。做不成公府密探的甚内走投无路，转而拜久藏为师，向他学起了机巧技艺——这一番经历着实坎坷。

即便与精炼方和幕府脱离了干系，久藏也依旧住在天府郊外的那座宅邸里，并且开办了一家私塾。

他不打算招收太多弟子，但无论是市井工匠，还是慕名而来的各藩权贵子弟以及天府的诸多藩士、浪人，只要来者略有天资，久藏都统统收入门下。

弟子们频繁往来于钉宫宅邸，不知其中是否有人注意到，那个常在他们身边走动的少女伊武，其实就是他们所学技艺的造极之作。恐怕他们连想都不敢想，伊武其实就是机巧人偶吧？

甚内站起身来，沿着石板路向主宅旁的别邸走去。

除伊武以外，众弟子之中被久藏准许进入那里的只有甚内一人。

这是因为甚内知道的内情太多，别邸的用途已经无须向他隐瞒。

泥墙砌就的别邸形似仓库，甚内走进了它的两道大门。

别邸的地下有一间密室，久藏会在那里为伊武修缮身体，或是完成一些不能让弟子看见的工作。

甚内脱下草鞋来至屋中，从厅堂正中的万岁钟旁经过，进入了别邸深处的一个小房间。

房间里有一张操作台，比久藏平时用的那些大台要小很多。台子上平放着一只被剖开腹部的金刚鹦鹉。

甚内坐到台边，把单眼放大镜筒夹在上下眼皮之间，敏捷地动起手来。

那是久藏在比嘉惠庵的私塾几戒院做弟子时试做的机巧鹦鹉。

插满南国鸟羽的表皮内侧，不是沾满鲜血和黏液的内脏，而是打磨精良、光泽细腻的金属骨骼。在那些骨骼之下，密密麻麻地填塞着各种弹簧、发条和齿轮。

心脏部位的擒纵轮现在静止未动。

得知这是年轻的久藏全凭观察学会的手艺时，甚内惊得目瞪口呆。

操作台边有一个镶嵌着螺钿的黑漆木箱，一根实木栖杆从箱顶穿出。金刚鹦鹉的动力机关正是这个木箱，它能让鹦鹉像有了生命一样活蹦乱跳。

据久藏说，当年他的技艺还火候未到，所以绞尽脑汁也没想出将所有机巧机关都装进鹦鹉那狭小身体里的方法。

久藏曾经为中洲观音寺的人偶戏台制作过机关，正是那段经历为他后来的机巧学习打下了基础。

在久藏看来，这只机巧鹦鹉不过是个玩具的水准，可甚内却不以为然。他越是观察这只金刚鹦鹉，就越是为自己与久藏的天赋差距之大而自愧不如。哪怕是这种最初级的机巧，对甚内来说都仿佛一个不可能用双手来缔造的神迹。

作为一项修习，久藏让甚内负责这只机巧鹦鹉的修缮维护工作。

前几日，金刚鹦鹉的动作突然变得有些怪异，大概是出了故障，然而久藏却不肯告诉甚内原因为何。他向来不会把知识嚼碎后再一口一口地喂给弟子，甚内必须靠自己的双手去寻找故障所在，并把出故障的部件替换成新的。然而，一看到眼前密密麻麻的机巧结构，甚内还是陷入了犹豫。他很怕金刚鹦鹉一旦被自己这种笨手笨脚的人拆开，就再也装不回去了。

甚内转动着放大镜筒的刻度盘，边对焦边耐心地查看金刚鹦鹉的每一处细节。不知不觉间，汗水已经浸透他的全身。

做这种需要高度集中精神的事情，若不时常休息一下，不出半个时辰准会头痛起来。甚内已经学了十年机巧，却还是没能适应这种高强度的劳作。

而同样的工作若是换成久藏,他定会废寝忘食地持续干上几日几夜。

终于,甚内放弃了与机巧的搏斗,站起身来。

相比之下,还是公府密探的训练轻松得多。

"五芒院驾崩后,精炼方的人好像经常出入皇宫。"

佐七透过拉窗俯视着下方的洗浴间,神情凝重地说。

"是吗?"

甚内附和着,提起酒壶向碗中斟酒,又把酒碗端到了嘴边。

此日是财神节,澡堂更衣处上方的夹层里热闹非常。客人们有的在兴致勃勃地对弈聚赌,有的则与甚内一样,泡了个惬意的澡后饮起酒来。

佐七是卯月藩城使有田家的次子。虽然身为武士,但家族世袭的官爵都由长子继承,他这个次子则从小放任自流、浪荡不堪。及至年过三旬,家人为了避免他在外惹乱生事,便把他送入了久藏的私塾。

虽然满脸写着轻佻,但好在此人心肠不坏,脑子也灵光。或许是秉性使然,佐七制作机巧的手艺也相当精湛。

"而且,近来幕府精炼所的烟囱也不冒烟了。"

"哦？这又是为何？"

"这事你可别外传，据说是他们挖出了'神代之神器'！"

佐七低声说。听他的口气，这则流言想必已经在久藏的弟子之间传开了。

一件事牵涉的人越多，就越不好隐瞒，说不定就会从哪个意想不到的地方走漏了风声。

甚内喃喃自语："这么说，久藏大人果然是被召进城验看神器去了……"

就在几日前，幕府精炼方长官藤林佐江守亲自登门拜访了久藏。自久藏被撤去精炼方技师的职务以来，这还是头一遭。

幕府应该并不信任久藏，这次特意来请他，定是有什么非同寻常的事。

临走前，久藏让甚内留在宅邸帮忙看家，既没有说自己要去干什么，也没有说什么时候回来。

虽然被久藏告诫不可多问，但甚内还是始终放心不下，伊武也显得十分担心。于是，甚内找来几个与幕府官僚多少扯得上点关系的私塾弟子套话，结果便打听到了这样的消息。

"看，是伊武。"

佐七俯视着窗口外的洗浴间说。

十年来，每逢五节、财神节等大小节日，伊武必会来到澡堂沐浴并贡献节礼。

"她还是那么美!"

佐七低垂着眼角脱口赞叹。

甚内也微微探身,向楼下望去。

只见伊武莹白的臀背消失在了一片水雾之中。

洗浴间里男人们的目光,无不迷离地追随着伊武而去。

有的男人因为看得太入神,被同来洗澡的妻子用水桶猛砸脑袋。

"伊武虽然偶尔有些迟钝,但却总能说出奇言妙语,想法也异于常人。这正是她的可爱之处……"

"你可别对她有什么想法。"

甚内关上拉窗,苦笑道。

"我自然不会觊觎久藏大人珍爱有加的独生女儿。只是,成天看着此等美人在身边晃来晃去而不能调戏,总觉得怪可惜的。"

佐七说着耸了耸肩。

其实,甚内让他"别有想法"倒不是这个意思。不过目前包括佐七在内,久藏的弟子中还没有人发现伊武的真实身份。他们若是知道了伊武是机巧人偶,定会惊得跌坐在地上。

"咱们继续聊方才的事……"

甚内往佐七的碗里斟着酒说。

"你是说'神代之神器'？说实话，我对它没什么兴趣。虽然它是天帝家长年以来机密中的机密，但听说不过是个用上等的机巧、舍密和电气技术做出来的玩意儿。"

从佐七身上大概挖不到更多情报了，甚内心想。

自上一任天帝失踪，皇宫对外宣称"驾崩"以来，已经过去了整整十年。

新天帝即位后，她的父亲比留比古亲王顺理成章地当上了太上天帝。他自称"五芒院"，继续执掌各项政务。

然而就在半年前，这位"五芒院"不幸身患中风，不久便崩逝了。

伊武怎么躺在这里？

看着面前的女子，久藏最先冒出了这个念头。

起初，他还以为是什么人存心戏弄自己，然而无论是把他带到天府城的精炼方长官藤林佐江守，还是那些在身后监视着他的剽悍侍从，此刻的表情都格外严肃。

"这就是从天帝陵里挖掘出的'神代之神器'。"佐江守说。

久藏用手支着下颌，细看那件"神器"。

纤长的睫毛覆盖着闭合的眼睑、小巧的嘴唇嫩若花蕾……

一个与伊武别无二致的女子，正一丝不挂地躺在操作台上。

"你可能不相信，她是个机巧人偶！"

佐江守低声说道。

除了身为比嘉惠庵弟子的久藏，还没有几个人知道能让机巧人偶像真人一样说话走路的技术已然存在。

"会动吗？"久藏问。

佐江守摇了摇头。"我们起初还以为这是神代时期某位贵人的遗骸，用了特殊的防腐工艺保存至今……"

"废话少说，我问这东西会不会动。"

久藏冰冷的口气让佐江守显出几分不悦。

"动不了！所以我们才请了你来！"

久藏听罢点了点头，当即脱下身上的绉绸羽织，塞给了佐江守身后的侍从。

"有放大镜筒吗？"

"必要的工具我们都备妥了。若有其他需要，你尽管开口便是。"

佐江守对久藏说。随后他便吩咐身后的侍从去房屋一角的架子上取放大镜筒。

久藏把放大镜筒夹入眼皮间，俯身拨开了"神代之神器"的右上眼睑。

眼睑之下，墨绿玛瑙般的眼瞳晶莹剔透。

久藏示意侍从端来烛台，然后反复将烛火凑近又远离神器的眼睛，却没有观察到任何变化。

伊武的虹膜是用一种极为名贵的石材打磨成薄片制成的。在这层虹膜之下，安置着许多交叠成放射状的金属细片，能够根据光线的变化自动开合。

此时放大镜筒下的眼瞳虽然也有着同样的机巧构造，但却不会随着光线开合。

接着，久藏轻轻拨开了"神器"紧闭的嘴唇。

唇启处，只见一口皓齿光洁齐整。这些牙齿全部由厚实的白蝶贝壳加工而成。这也和伊武完全一样。

久藏稍做思考，决定拆卸"神器"的四肢。

他一手握住"神器"的手肘，另一只手放在她的腋下，双手用力将关节反向扳动，一条手臂便如脱臼一般从肩部脱落了下来——就连拆卸肢体的手法和扳动关节的角度都和修缮伊武时分毫不差。

久藏用同样的手法卸下了"神器"的另一条手臂，而后又分开她的双脚，将两条腿从胯根齐齐拆下。

被卸下的四肢以诡异的角度扭曲着，从操作台边无力地垂下。

佐江守吞咽唾沫的声音从背后传来。

"还有别的台子吗？"

听到久藏的问话，侍从们急急忙忙地搬来了几张新的操作台。

久藏将"神器"的四肢围绕胴体摆成一个"大"字，又从架子上取下剪刀，开始裁剪她的皮肤。

或许是场面太过残忍，周围的人纷纷移开目光不敢直视。

然而，被剪开的皮肤之下并没有涌出鲜血，也没有露出肌肉和筋腱，而是填塞着数千条光泽细腻的钢丝簇和软管。

四肢拆卸完毕之后，久藏绕到"神器"头边，一手托住她的下颌，一手揪着她的头发左右晃动，熟练地将头也拆了下来。

见久藏手法如此娴熟，围观的人们不禁低声惊叹。

接下来需要详细查看"神器"的内部构造。直到目前为止，所有的操作都和为伊武检修身体时完全一样。虽说没有把情绪暴露在脸上，但久藏其实才是所有人中最诧异的那一个。

久藏把"神器"的头放在了新搬来的操作台上。

"让她动起来就行了？"

佐江守点了点头。"若你能的话……"

"检修时可能需要替换部件，有些稀有材料极其昂贵，你们拿得出吧？"

既然有幕府出钱，就没必要客气。

久藏这般想着，又转头看向被大卸八块的"神器"。

三

"准备！"

两只蟋蟀都被放进斗盆后，斗蟋督察官高声宣布。

斗蟋用的陶盆长五寸、宽七寸，中央用一张纸隔开了两侧的蟋蟀。

两只蟋蟀的主人各拿起一支毛笔一样的小刷，开始触碰蟋蟀的触角。缩在斗盆角落里一动不动的蟋蟀逐渐变得生龙活虎起来。

那支小刷是一种名为"茜草"的工具，由鼠须和稻秆的纤维混合制成，很好地模拟了蟋蟀的触须。

只要用它巧妙地触碰蟋蟀的触须和腿，领地意识极强的雄蟋蟀就会误以为是有其他蟋蟀在挑衅自己，从而变得斗志昂扬。

看到完全兴奋起来的蟋蟀在斗盆里活蹦乱跳着寻找对手，甚内不觉拍手叫好。

有人说，能否成功用茜草勾起蟋蟀的斗志，在很大程度上决定了比赛的胜负。挑逗过程看似简单，但若想只勾引出蟋蟀的斗志而不使其畏缩，实则是一件难事。无论多么优秀的上等蟋蟀，只要这一步功夫没有下足，也很有可能输给斗志昂扬的下等蟋蟀。

"开斗！"

督察官下令的同时，身着礼服的裁判官取走了分隔蟋蟀的纸张。

登时，东侧的青蟋蟀向西侧的白蟋蟀发起了进攻。

看台周围的各藩人等骚动起来。

通常来说，两只蟋蟀不会这么快就扭打在一起，而是会先互相观察一阵再发起攻击。

那只青蟋蟀猛如疯犬。为天府大斗蟋会准备的蟋蟀都是各藩精挑细选出来的上等蟋蟀，果然与一般市井上的蟋蟀有着天壤之别。

西侧的白蟋蟀镇定自若。它佯装出一副准备正面迎敌的样子，却又出其不意地在一瞬间咬住了对手的侧腹。

看来，白蟋蟀也非同一般。普通的蟋蟀往往会从正面咬对方的下颚或脖子，像这种先咬侧腹的蟋蟀，甚内还是头一次见。

大概是见正面迎敌胜算不大，所以才改换策略杀对方一个措手不及吧？青蟋蟀似乎也是第一次被咬到侧腹，气焰顿时弱了下来，跳到远处静静观察对手。

虽说蟋蟀厮斗的时候不可能想这么多，但观战的人却总是会不由自主地替它们想这想那。

两只蟋蟀始终正面相对,斗志高昂,谁也不肯将尾巴暴露给对方。

"准备!"

听到督察官的号令,两只蟋蟀的主人又开始用茜草挑逗起了斗盆中转圈对峙的蟋蟀。若没有督察官的号令,他们是不能擅自使用茜草的。

被茜草尖碰到的瞬间,青蟋蟀猛蹬后腿大跳起来,扑向了对面的白蟋蟀。

白蟋蟀灵敏地做出反应,向后跳出了一寸左右。

见对手扑空,白蟋蟀从侧面发起进攻,咬住了青蟋蟀的脖子。

斗盆周围的人们不禁连连叫好。

白蟋蟀并不松嘴,直接扭动身体,与青蟋蟀一起在斗盆中翻滚起来。

青蟋蟀奋力张开翅膀试图稳住身体,却不知体格比它略小一圈的白蟋蟀哪里来的那么大的力量,不停地将它的身体左右翻弄。最后,青蟋蟀终于放弃了抵抗,缓缓合拢了翅膀。

"终了!"

裁判官面向西侧举起军配扇的同时,两只纠缠在一起的蟋蟀也分开了。青蟋蟀迅速躲到了斗盆的角落里，背对白蟋蟀。而白蟋蟀则得意扬扬地摩挲着触须，发出了胜利者惬意的鸣叫。

在场的人们躁动起来。督察官在一张纸笺上写了什么，将它递与西侧的武士。东侧的武士则用小虫网把输掉的蟋蟀收回养盆，悻悻地离开了。

上午的比赛到此结束。

场中还有另外四张斗蟋台，台边也都分别站着一名督察官。

甚内出至屋外，沿着人来人往的回廊向前走，忽然看到一间屋子热闹非常，挤不进去的人已经将队伍排到了回廊上。甚内认出了人群中的佐七，上前拍了拍他的肩。

"啊，甚内！你跑到哪去了？"

佐七手捧一个装着几个养盆的匣子，睁大了双眼问。

"难得有此机会，我去见识了一下斗蟋。上等蟋蟀和赌坊里的那些便宜货就是不一样！"

"可不是嘛！那种低级的虫子互掐，哪里比得上这里的大斗蟋会？"

佐七鄙夷地噘着嘴说。

佐七所属的卯月藩就时常向天府进献大斗蟋会用的上等蟋蟀。

而佐七正是卯月藩指派的茜草官。年轻时，佐七浪费在斗蟋上的钱财比浪费在女人身上的还要多。即便已经长大成人，他一到秋天还是会热血沸腾。

"这边配对完了吗？"

"还没称完重呢！"

佐七指着排着长队的前方说。

屋中有四张大台，上面放着称蟋蟀用的秤。或许是因为人手不够，只有一张大台旁边站了督察官。

"将军家的蟋蟀从笼子里跑出去啦！"

"哦？就是那只叫'鸢梅'的蟋蟀？"

"是呀，要是谁不小心踩死了它，麻烦可就大了！方才大伙儿连动都不敢动。"

大将军的蟋蟀也会参加大斗蟋会。

从初春至夏末，幕府内部每年都会组织大规模的捕蟋会。此外，官吏们还会出高价从市集上购买上等蟋蟀，进献给大将军。若进献的蟋蟀最后顺利在大斗蟋会上出场，进献它的人就能得到一笔丰厚的赏金。因此，每年都会有大量的上等蟋蟀被送到将军府，并由斗蟋督察人员专门负责饲养，饲养方式自然与普通蟋蟀大有不同。

由于在饲养上花的时间、精力和钱财都非寻常人家可比，将军家的蟋蟀战力一直很强。尤其是今年，据传有一只花名"鸢梅"

的蟋蟀实力非凡。

"已经抓回来了？"

"正在称重的那只就是。"

说着，佐七指了指房屋深处正在拨动秤砣的督察官。

"看这光景，配对厮杀估计要到晚上了吧？"

"唉，多半是了……"

佐七点了点头。

对于甚内来说，时间拖得越久反而越有利。

天府一年一度的大斗蟋会将于几日后召开。届时，各藩都会派人带着他们最满意的蟋蟀前来参赛。

斗蟋只有近距离观看才有趣。因此，各藩的茜草官将有机会和大将军同坐在一张桌前观战。这对于武士来说是莫大的荣誉。

然而，真正能享受到这份荣誉的，每年也不过只有五对——十只蟋蟀的茜草官。

此时正在天府城内举行的是大斗蟋会前的预选赛。

甚内以协助卯月藩参赛为由，与佐七一同来到了天府城。

当然，他来这里并不是为了看斗蟋，而是想要借机观察天府城的情况。

暗中潜入天府城绝非易事。即便是各藩使者，若无要紧事也不能随意进出。

因此对于甚内来说,这次斗蟋会可以说是天赐的良机。更有利的是,卯月藩的佐七非常信赖他。

甚内和佐七打了声招呼,离开了斗蟋会场。

每年大斗蟋会召开的前几日起,由于各藩人等会陆续来到天府城中,在城内的走动会变得相对自由。虽说天守阁所在的本丸等幕府要地仍旧严禁入内,但城内已经出现了许多像甚内一样四处闲逛的乡下武士。

甚内已有十年未踏入过天府城了。

他过去还是个公府密探的时候,曾在这里修花剪草,而现在他又回到了这片熟悉的土地,佯装无所事事地四处游逛。

其实,他是想事先打探出久藏到底在何处,以免发生紧急事态时措手不及。

甚内先去精炼所一带转了一圈,并没有发现什么可疑的迹象。

又走了一阵后,一处所在突然吸引了甚内的注意。

西之丸①下方有一片梅林,梅林深处建着几间存放甲胄和兵器的仓库。可现在,通往仓库的路却被竹栅栏挡住了。

眼下并非梅花开放的时节,梅林一带人迹罕至,用十数丈宽的栅栏挡在路中未免有些多此一举。那排栅栏并不难翻,但既然

---

① 指位于城西的防御据点。

有人把它设在这里，显然是不希望有人靠近。做栅栏的竹子色泽青绿，大概是不久前刚做成的。

甚内装作不以为意的样子拐向了别处。

通往西之丸下方的其他小路也都被拦住了。

至少目前来看，在各藩人等都被准许活动的范围内，只有这一处看起来很可疑。

久藏十有八九就在其中的某个仓库里。

若非是想隐瞒什么，幕府的人不可能把通向西之丸下方的路全部封住。

在城中转得差不多后，甚内正要返回会场，却突然听到一个声音从头顶传来："这不是甚内吗！你干什么呢？"

抬头看时，只见黑松树干上架着一把木梯，上面正站着梅川喜八。

"没什么……"

甚内淡淡地笑了笑。

喜八像是在修剪松枝时偶然发现了自己，但甚内很清楚，他一定是早就盯上自己了。

正是知道横竖瞒不过对方的眼目，甚内才特意借参加斗蟋会的名义混进了城来。这样，即便是喜八也很难找到理由对自己暗下黑手。

"梯子不稳，过来帮我扶着点。"

甚内犹豫了片刻，最后还是听从了喜八的吩咐。事到如今，他想不出喜八还能耍出什么花招。

喜八爬下梯子，直勾勾地盯着甚内扶在梯子上的手。

"你的亲戚是章鱼还是蜥蜴?!"

"什么？"

"断掉的手指怎么又长出来了？还有腿也……"

喜八的样子不像是在故意套话，而是真的被震惊到了。

梅川喜八竟也会露出这副表情，真是稀罕——甚内苦笑着想。

十年前，他曾被这个名叫喜八的人严刑拷打，好几根手指、脚趾和一侧膝盖后的筋腱都被他用修枝剪残忍地剪去了。

"既非章鱼也非蜥蜴，我和螃蟹倒是远亲。"

"少开这种无聊的玩笑。"喜八皱起眉来，"看来你混得还不错，如今在做什么？"

面对明知故问的喜八，甚内谨慎作答道："如您所知，我如今是个微不足道的机巧学徒。"

"那么，你这个机巧学徒来天府城有何贵干？"

"我来寻找走丢的师父，但愿他平安无事。"

甚内一副装傻充愣的样子，话中却又隐隐带刺。喜八不禁暗暗哑舌。

"……今年的斗蟋会上,将军家不是出了一只战力极强的蟋蟀吗?"甚内转换话题道,"花名好像是什么'鸢梅'。我听说它凶猛无比,与它对战的蟋蟀不但必败,还一定会被它咬死。为此大家在斗蟋配对的时候都战战兢兢的。"

"你到底想说什么?"喜八压低了嗓音问。

"有传言说,那只蟋蟀是从皇宫里捡来的。"

除此之外,蟋蟀花名中的"梅"字也让甚内耿耿于怀。按照惯例,斗蟋的花名通常会包含发现者名字中的一个字。

"好像是从天帝陵里爬出来的……"

"你是不是嫌自己命长?"

喜八的震怒代替了回答。

如果梅川喜八把在宫中找到的蟋蟀献给大将军,而且这只蟋蟀最终还得以出战大斗蟋会,就等于幕府默认了公府密探出入皇宫一事。

甚内知道此时继续挑衅绝非明智之举,于是微微低头行礼后便转身离开了。

大斗蟋会的预选赛结束后,甚内离开天府城,沿着来时的路往回走。外面已经黑得伸手不见五指。

佐七所属的卯月藩共出了五只蟋蟀，目前还剩下两只没被淘汰。只要它们在明日和后日的预选赛中取胜，就能有幸成为参加大斗蟋会的十只蟋蟀之一。佐七只盼望它们不要碰上"鸢梅"。

回到钉宫邸后，甚内拖着疲惫的身体来到别邸，继续钻研那只金刚鹦鹉。

然而，他却很难集中精神，不到半个时辰就坐不住了。

伊武每晚都会来到别邸的地下室，在久藏常用的工作间里休息。

虽说贸然闯入有些无礼，但其实甚内此前已经趁久藏不在偷偷潜进去过好几次了。对于当过公府密探的甚内来说，这不过是小菜一碟。

甚内掀开别邸的地板，沿着那段又直又陡的楼梯下到了阴冷的地下室。

比起地上那座泥墙砌就的别邸，恐怕这间地下室还要更为宽敞些。久藏有时会在这里连续埋头工作几日几夜。

拉开地下室深处的那扇朱漆门板，甚内看到伊武正睡在其中。

每隔一月，久藏都会卸下伊武的头和四肢，在这里为她进行一次细致的全身检修。彼时，他会把她的头放在远处较高的台子上，双臂和双腿分别放在左右两侧的四张小台上。

伊武身穿薄薄的贴身寝衣，姿态端庄地躺在屋子正中的大台上。

甚内来到台边，细细端详伊武的睡脸。

看得久了，竟会产生一种她正在均匀呼吸的错觉。

纤长的睫毛覆盖着闭合的眼睑，嫩红的嘴唇好似含苞待放的花蕾。

一时间，甚内像是被迷了心窍，把手伸向了她的胸口……

指尖就快要碰到伊武的身体时，他才猛然惊觉，连忙摇了摇头。

伊武依旧安然地躺在那里，仿佛周围无事发生。

还是不明白。

面对躺在操作台上的"神器"，久藏用手背擦了擦额头上沁出的汗珠。

那些因年久失修而出现老化的部件，即便表面看上去并无大碍，也已经统统被更换一新。

"神器"的身体构造酷似伊武，而伊武身体中的数百万个部件，哪怕是一个细小的齿轮，久藏都记得清清楚楚。

最小的齿轮仅有芝麻粒大小，锯齿的尺寸只要存在半点差错，机巧人偶都无法正常活动。然而现在，久藏已经戴着放大镜筒将它们一一检查过了，并未发现任何啮合不良之处。

若是伊武的身体，绝对已经能动了。

对"神器"的构造了解越深，久藏就越是坚定了一个想法。

当年比嘉惠庵借着验看"神代之神器"的名义进入皇宫，其实是在私下照着"神器"的样子，做了一个与之别无二致的仿制品。

也就是伊武。

想到这里，久藏用力掐着眉心，摇了摇头。

这几日他几乎没有合眼，头脑已经不甚灵便。也许是自己遗漏了什么地方，没有看出"神器"和伊武之间更隐秘的差别。

的确，伊武身上的很多部件是用成分尚且不明的矿物和金属制成的，而"神器"体内的这些部位则使用了其他材料代替。但即便如此，这些部件的形状和重量也都与伊武体内的完全相同。

久藏在操作台边坐下，细看躺在台子上的"神器"——"神器"的四肢都已被拆下，头在略高一些的台子上俯视着自己的胴体。

此前，他一直在用放大镜筒对身体内部的各处细节进行检查，却已经很久没有像这样通览过她的全身了。

看着神器那安然的睡脸、不会因仰卧而走形的双乳，以及双乳顶端的那对花蕾，久藏突然产生了一种想要触摸的冲动。

伸出手去的那一刻，一种似曾相识的感觉袭上心头。

多年以前，也发生过同样的事情。

那是久藏还在比嘉惠庵的几戒院里当学徒时的事。

事情发生在他和伊武初见的那段时间……

久藏闭上双眼，回忆起了那日的场景。

四

看着自己僵停在半空的手，久藏再一次端详起了操作台上那个拼装至一半的机巧人偶。

她现在只有头、脖颈至胸部的一半胴体，以及半条右臂，乍看之下很像是一具惨遭肢解的女尸。

久藏初次潜入惠庵的操作间时，就因为把机巧人偶当成了尸体而吓得不轻。

虽然尚未拼装好，但却已经可以看出人偶的外形是一位少女。

难道惠庵大人已经走火入魔了？

当时的久藏心中暗想。

他真的以为，机巧可以做出人的灵魂？

关于灵魂的本质，久藏已经和师父惠庵探讨过许多次。惠庵的理念始终很明确——

人，归根结底就是极度复杂的机巧。

有魂之物和无魂之物并没有绝对的界限，只是在复杂度和多样性上存在差别。

想不到，身量不高却待人和蔼、笑口常开、备受弟子拥戴的比嘉惠庵，竟会做出这样的论断。

久藏想要反驳，却不知该如何措辞。他做过演戏用的小人偶，也修过尺寸颇大的万岁钟，对自己的手艺很有信心，但却从来没有考虑过这样的问题。

比嘉惠庵及其弟子所在的私塾几戒院在天府声名大噪。

然而，他们究竟制造出了何种物件，外人却无缘得见，也根本想象不到。自负的久藏借着为贝太鼓役当内贼的机会混入几戒院，原本只是为了剽窃几样高超的手艺。

久藏对着面前的人偶叹了口气。

虽然她有没有生命……不，正是因为她没有生命，所以才格外地美。她永远不会衰老，不会失去这副青春的外表——她的美，是不容侵犯的美。

若在此逗留太久，很可能会引起其他弟子的怀疑。

念及此事，久藏决定暂且离开。

"我还会再来的，伊武。"

他对着拼装到一半的人偶说。

虽然明知不会得到回应，也觉得自己这样做确实很滑稽，但他还是很想对那个少女说说话。

"伊武"是久藏擅自为她取的名字。

传说，住在天府十三阁顶层的太夫就唤作此名。

然而实际上，十三阁的顶层根本没有住人，名叫"伊武"的太夫也并不存在。因为只有把最高的地位留空，上层的游女们才不会相互争斗。十三阁的内部人等和常去寻欢作乐的男人们全都知道这个秘密。"伊武"这个名字在他们口中就仿佛观音菩萨的代称，长年守护着十三阁。

可对于当时身在天府却不谙世事的久藏来说，他就是死也想亲眼一睹那位太夫的真容。直到后来，他才从一个常去十三阁的熟人那里得知了真相。

不存在于世间的女子之名，与眼前这个没有生命的少女正好相配。

比嘉惠庵的工作间位于宽阔主宅背面的幽僻处，四面为竹林所环绕。

久藏穿过竹林间的小道，走出土墙上的栅栏门，回到了主宅一隅属于他自己的居室，收拾行囊准备外出。

他必须得去见松吉。

一念及此，他的胃便开始阵阵绞痛。

背叛恩师惠庵和同门师兄弟的罪恶感与日俱增。

若当初没有被公府密探松吉送进几戒院当内贼，久藏恐怕永远也没有机会成为惠庵的弟子。

他多想与惠庵以另外一种方式相遇，真心实意地拜他为师！与其走到现在这一步，还不如作为普通的机巧师庸庸碌碌地过完一生。然而，命运就是如此残酷。

久藏没有在惠庵的工作间里找到任何有关"神代之神器"的情报。

他理应把几戒院里的一切见闻都如实向松吉禀报，但关于那个正在制作中的机巧人偶伊武，他却始终守口如瓶。

他认为伊武与天帝家的秘密并无关联，更何况，他绝对无法容忍伊武被别人用作威胁自己的筹码。

"你该不会是被惠庵感化了吧？"

卯州城外，马臼街边的一家客栈隔间里，松吉质问久藏。

楼下设有赌坊，赌徒们的喧闹声穿透地板传了上来。

比起僻静无人处，还是人声鼎沸的地方更适宜密谈。

目前为止，久藏还从未被几戒院的人怀疑或跟踪过。就算有人起疑盘问起来，久藏只需借口说去了赌坊便可。而且，自己避人眼目偷偷外出也同样可以用这个理由解释。

"几戒院没有任何可疑的动向，无论你再问多少遍，我的回答都一样。也没有任何一个弟子知道比嘉惠庵被召进皇宫验看的那件'神代之神器'是什么。"久藏斩钉截铁地说。

他确实没有撒谎。

"真的？算了。不过你怎么总是整天板着一张脸……"松吉表情狰狞地呷了一口碗中的酒，"和你这种人饮酒真无趣！"

我才想这么说呢——久藏心下嘀咕道。

"对了，惠庵经常出入皇宫，你就没听他说起过天帝的情况？"

久藏摇了摇头。

天帝正在怀第二个孩子。

她的第一个孩子是男孩，一向由女子世袭帝位的天帝家正在期盼一个女孩的降生。

然而天帝身体羸弱，生下长子比留比古亲王时，她的身体就已经受到了重创。坊间传言，这或许会是她此生最后一次分娩。

幕府也对天帝家的动向颇为关切。

此前迁宫之际，天帝家的一应开销几乎全都依赖于幕府。但即便是在幕府势力占据上风的如今，从神代时期延续至今的天帝家的地位也不容小觑。

虽说幕府偶尔也会效仿公家①举办斗蟋会一类的活动，但对于天帝家来说，将军家终究是武家，以其身份就连皇宫的"外朝"都不能涉足。幕府曾提出让大将军的女儿嫁入天帝家，若天帝的第二个孩子仍是男孩，方方面面都要依赖幕府的天帝家就将陷入进退两难的境地，难以拒绝这门婚事。

松吉背后的人应当是幕府中的某个高官，但久藏并不知道此人具体是谁。而松吉到底在谋划什么、企图什么，久藏也一概不知。

大约一月之后，久藏被惠庵叫到了身边。

"陛下因难产驾崩了。"

惠庵的话给久藏带来了莫大的冲击。

"那她的孩子……"

"也已归天。"

这就是说，天帝和腹中的孩子一并死去了。

"此事万万不可泄漏。"

惠庵对满脸不解的久藏说。

久藏怎么也想不通，惠庵为何要把宫中如此重大的事情告诉

---

① 对朝廷官僚的总称，与下文的"武家"（对幕府将军及其下属武士阶层的总称）是相对的概念。

自己。

"天帝家决定对外隐瞒此事，直至时机成熟再公布真相。"

"可是，这种事瞒得住吗……"

久藏不敢相信这是真的。

然而，惠庵却一脸严肃地说："……他们让我做一个与真人相仿的机巧人偶。"

久藏听罢倒吸一口凉气。

虽说已经在惠庵的工作间里看到过机巧人偶的半成品，但久藏还是难以相信，这是天帝家经过再三考虑后做出的决定。

"机巧人偶再像先帝，也不可能蒙混过关啊……"

"你想到哪里去了？我要做的是顶替那个死婴的机巧人偶。"

久藏擦了擦额头上的汗珠。

"等到时机成熟，天帝家便会对外宣布陛下驾崩，并由婴儿继位统领朝政。当然，真正掌握实权的是比留比古亲王。"

用机巧制作体型较大的成年女体会相当麻烦，但若只是做一个不会说话又不懂人事的婴儿，或许真的能蒙混过关。

若不是之前亲眼见过惠庵制作的机巧人偶，久藏绝不会认为此事可行。

"我会先做出一个机巧婴儿，再随着年龄的增长逐步替换她身上的部件。经年累月之后，她就能像真人一样说话走路了。"

　　原来，惠庵并没有打算一次性完成他的作品。他要循序渐进地完善人偶的机能，让她从婴儿成长为孩童，再由孩童成长为大人。

　　这听上去实在不像是人能完成的工作，但久藏的内心还是激动万分，手也兴奋得颤抖起来。

　　"你曾在天府当过机巧师，颇有一番手艺，非几戒院中的其他弟子可比。那些弟子在紧要关头都派不上用场，而你却不同。你愿意协助我吗？"

　　久藏没料到惠庵竟会如此器重自己，感到十分自豪。

　　自那之后，他便屡屡前往刑场，收集孕妇、婴儿以及孩童的尸体进行解剖，细细研究其中的结构。

　　参照惠庵画的图样，久藏用银削出了人偶的骨骼。惠庵则运用制作钟表的手法，为人偶的身体装上了齿轮和发条。

　　接着，久藏用乳白色的玻璃球镶嵌宝石做出了人偶的眼睛，惠庵则将控制面部表情的机巧机关密密麻麻地安装在了人偶的头骨内。

　　两人陷入了亵渎生命般的狂热，像是偏偏要从一堆没有生命的东西里造出个生命来。

　　废寝忘食地埋头工作数十日后，机巧婴儿终于初显雏形。

　　在此期间，久藏忽然产生了一个想法：怀孕的女子体内同时存在着两个灵魂。

仔细想来，这是多么不可思议！

女子腹中的那个灵魂究竟是生于何时，来自何处呢？

若灵魂确实能够悄然而至，那么自己正在制作的这个机巧婴儿体内，会不会也能突然诞生出灵魂？

近百日后，机巧婴儿已经基本制作完成。

由于有要事外出，比嘉惠庵久违地离开了几戒院。

连日的劳作早已让久藏身心俱疲，他再也按捺不住想要见伊武的欲望，在光天化日之下闯入了惠庵的工作间。

偏僻的工作间中，伊武依然像之前一样平躺在操作台上。安装在她身上的部件增加了些许，双腿膝盖以上的部分皆已制作完成。

久藏坐到伊武身边，凝视着她的睡脸。

虽说残缺的四肢让她看起来更像一具尸体，但她胴体里饱含的血色，以及脸颊上透出的红晕，都与久藏在刑场见惯的那些死尸截然不同。

或许是错觉，久藏从伊武身上闻到了一股淡淡的花香。

"伊武……"久藏呼唤道。

此前，虽然有过长时间的端详，但久藏从不敢触碰伊武的身体。他担心自己的触碰会让那具圣洁的身体遭到玷污和破坏。

然而这日，不知是因为太累，还是长期的劳作加深了他对机巧人偶的感情，久藏第一次感到心脏的跳动无比剧烈。

他把手伸向了伊武雪白的胸脯。

中指指尖触碰到了乳首。

犹豫片刻后，久藏用整个手掌将伊武的左乳包裹起来。

饱含弹性，又像是要化在手心一样柔软至极……

久藏产生了一种错觉：自己的心跳仿佛顺着手臂，从指尖传递到了机巧人偶的心脏。

乳房之下，伊武胸腔中的擒纵轮旋转起来，轮齿有节律地撞击着叉瓦，那律动与久藏的心跳合而为一。

伊武缓缓睁开了双眼——俯视操作台的久藏刚好目睹了这一幕。

"钉宫……久藏大人？"伊武用确认的语气问道。

久藏大惊失色，慌忙抽回放在伊武左乳上的手，跳离了操作台，全身战栗不止。

即便是在与惠庵一起制作机巧婴儿的时候，久藏也始终坚信，机巧人偶不可能像真人一样说话和思考。

伊武保持着平躺的姿势，转头看向久藏。

仅仅是这样，久藏就已然承受不住巨大的刺激，从工作间里落荒而逃。

五

"真是想不到啊……"

钉宫宅邸的廊沿上，默默倾听伊武讲述的甚内不禁发出一声感慨。

平时几乎不流露任何感情的久藏竟会对伊武做出那种事，实在是难以想象。

伊武双脚并拢，坐姿端庄。在她旁边，放着那个表面画有长须鲸的四脚方匣。

那个匣子曾经是人，只不过现在被封在了方匣状的机巧之中。

方匣上画的那只跃出浪涛的长须鲸笔力遒劲、刻画入微，第一次听说它出自伊武之手时，甚内着实吃了一惊。

"钉宫大人封闭自己的内心，是很久之后的事了。"

"莫非是在比嘉惠庵出事以后？"

伊武抚摸着身边的方匣，轻轻点了点头。

每逢天气晴好，她总是会像这样将方匣抱到回廊上，一起晒太阳。

每当看到伊武对着一个匣子说这说那，路过的弟子都会向她投来不解的目光。新入门的弟子必定会错把方匣当成凳子落座一次,而后被涨红了脸的伊武怒斥一番。

甚内托着下颌,暗自思索。

比嘉惠庵密谋倒幕未遂一事,已经广为世人所知。

他过去开办的私塾几戒院里聚集了各色人等。除了久藏这样的机巧师,还有小藩藩主的次子、三子,以及走投无路的浪人。

彼时正逢政道混乱,幕府往往动辄因为一件小事没收某藩的封地,甚至将整个藩都改易。因此,许多对幕府心怀不满的人都聚集到了惠庵身边。

当时幕府提出要破格授予惠庵武士身份、提拔其进入精炼方任职,身为一介机巧师的惠庵却再三推辞。此外,惠庵还与天帝家往来甚密,这便让更多不再信赖幕府的藩士、乡士和无法出仕的浪人归附于他。

比嘉惠庵本人对幕府应该没有什么深仇大恨——甚内心想。

此前在幕府当差时甚内便已得知,惠庵之所以参与倒幕,是因为担心幕府得势之后揭穿天帝是机巧人偶的秘密,大肆开掘天帝陵。

换言之,惠庵参与倒幕完全是出于父爱。他不想让自己的"女儿"被别人用好奇的眼睛盯着看、用肮脏的手摸个遍,只希望她的身体能永远不受侵犯。推动惠庵发起倒幕的动机,恐怕就是如此单纯。

彼时恰逢先代将军病故，年仅十一岁的嗣子——即现在的将军——奉旨继位，惠庵终于开始将他的计划付诸实践。

他利用自己娴熟的机巧技艺，制作了不用火药且能藏于怀中的短枪、装有钟表机关的倒计时点火器、形似飞鸟或野猫却实为炸弹的机巧动物……就这样，惠庵一步步推进着倒幕计划。

根据他的计划，起事当天，浪人们会先在天府城下十几处要地放火，引起一场大火灾。随后，埋伏在东西奉行所和天府城周边的人再趁乱将幕府重臣一一斩杀。

与此同时，惠庵守在皇宫等待弟子报信。等起事成功的消息传来，便恳请天帝家颁下一道令征讨大将军的诏书，并将其散布到天府各地。

机巧天帝就相当于惠庵的亲生女儿，而惠庵也早有预料，私塾弟子所属的藩大多会遵从圣旨，对成为"朝敌"的幕府举起反旗。蛰伏在天府和京城的浪人想必也都会纷纷响应。

然而，计划最终还是失败了。

因为在惠庵的私塾几戒院里，有一个被公府密探送进去的内贼。

此人就是钉宫久藏。

"你是内贼吧？"

惠庵把久藏叫到主宅深处的隔间里，开口问道。

久藏被问得哑口无言，膝盖上紧握的双拳颤抖不已，脖颈与腋下都生出了冷汗。

"您是从什么时候……"

"很久以前我就发觉你不对劲了。你一直在赌坊里和幕府的探子见面对吧？"

惠庵口中的"探子"就是松吉。

既然已经被看穿至此，再怎么辩解也无济于事。

久藏的视线惶恐不安地四下游走。

惠庵则半睁着双眼一直盯着久藏，仿佛能看透他的所有心思，往日那副和蔼可亲的面容早已消失得无影无踪。久藏被惠庵逼视得抬不起头来。

这时，相邻隔间的门被拉开了。

久藏浑身一凛，以为是几戒院里的浪人提着刀来取自己的性命了。

然而，站在门外的却是一位妙龄少女。

她身穿醒目的红色小袖，乌黑的头发用长簪盘起。

久藏一时没有认出她是谁。但片刻之后，他突然大叫一声，惊得目瞪口呆。

她就是躺在惠庵工作间里的那个机巧人偶!

在一脸愕然的久藏面前,少女轻按小袖的下摆,在惠庵身边跪坐下来。

随后,她双手三指撑地,俯身向久藏深鞠一躬。

"小女伊武。"

少女说罢抬起头来,嘴角扬起一抹浅笑。她那玛瑙般通透的墨绿色眼瞳放着光芒,将久藏困惑的神情倒映其中。

"你还记得这个女子吧? 当然,还有她的名字。"

由于太过震惊,久藏没能发出声来。

"你曾趁我外出多次潜入我的工作间,伊武已经全都告诉我了。"

"我……"

久藏一直以为,那日伊武苏醒并开口说话的情景,是自己做了亏心事后产生的幻觉。

"我找你还有一事相寻——你是如何让这个机巧人偶动起来的?"

"……什么?"久藏不明白惠庵的意思,反问道。

"这个机巧人偶理应是能动的,但我尝试了各种方法,都没能让她活动一下。而你潜入工作间时,不知是用了什么手段,让她突然有了意识,自己动了起来。"惠庵深锁着眉心喃喃说道。

"我不知道……"

久藏怎么也想不起自己当时对伊武做过什么非同寻常的事。

"罢了。'伊武'这个名字她很中意,听说是你给她起的?"

久藏感到双颊热似火烧。直到被人说破他才意识到,自己已经对这个没有生命的机巧人偶,产生了比对真实的女人还要浓烈的情愫。

"我以她的身体为原型,对天帝的机巧人偶进行了反复改良。眼下,机巧天帝的完成度已经与伊武不相上下。"

久藏听罢抬起了头。

婴儿时期的机巧天帝制作完成后,惠庵又要试做少女时期的机巧天帝。他曾将一组图纸交给久藏,让他去制造机巧部件。

皇宫不允许惠庵带弟子一同入内,因此久藏并未亲眼见过机巧天帝组装完好后开始活动的样子。

尽管如此,民间却已有传言称,先帝驾崩后,腹中的女婴得以幸存,有朝一日将会从其兄比留比古亲王那里接掌政务。

"说实话,我很舍不得你。"惠庵紧紧盯着久藏的脸,继续说道,"与那些徒有小聪明的弟子不同,唯独你拥有制作机巧的双手和匠心,这一点难能可贵。知识会骗人,但手艺不会。记住,灵魂就寓于你的双手之中。"

不知何时,惠庵的语气又回到了慈师对弟子谆谆教诲时的样子。

"你制作的齿轮、发条，以及各种其他的机巧部件都与图纸上要求的毫厘不差，从没有偷工减料。正因如此，我觉得你或许可以信任。"

"惠庵大人……"

久藏的声音已经嘶哑。言未成句，泪水便从眼角溢了出来。

"你被送进几戒院当内贼也是命运使然，我没有必要为此苛责于你。只是我想，经过这十余年来日复一日的修习，你的心应该已经不再向着幕府，而是暗暗归附于几戒院和我惠庵了。"

久藏连连用力点头。

他想要说些什么以表明心意，却一句话也说不出来。这种时候，无论再说什么都会显得苍白无力。

"你与幕府的探子有来往，这正是个好机会。"

久藏听罢倒吸一口凉气，他已经猜到了惠庵的企图。

"眼下，起事的时日和具体安排都已敲定。"

久藏对此也隐约有所察觉。近日出入几戒院的人比以往多了不少，其中有一些人显然不是为了学手艺而来。他每日夜不能寐，正是在纠结是否要将此事向松吉禀报。

"起事的日子是十二月的初卯日，时刻为傍晚酉时——你就这样对幕府那边说吧。"

惠庵说罢，对久藏意味深长地点了点头。

恐怕，他决定动手的日子远远早于这一天。之所以让久藏泄漏假情报，是为了迷惑幕府，使其掉以轻心。

只要不说情报是假的，应该就能骗过松吉——久藏打定了主意。

惠庵故意将用意挑明，显然是在考验久藏。

久藏天真地以为，只要过了这一关，自己就可以不再隐瞒身份，能正大光明地成为惠庵的弟子了。

他回到自己的居室，更换行装，向接头的客栈走去。

这日正巧也是他要和松吉会面的日子。大概是察觉到了几戒院近来有些蹊跷，松吉约见久藏的次数频繁了许多。

与松吉见面一向是最让久藏头疼的事，但这一次，他的脚步却格外轻盈，心中甚至为即将欺骗松吉而感到了一丝快意。

若惠庵起事成功，自己也能脱离松吉等公府密探的掌控，重获自由。

久藏来到松吉所在的赌坊二楼，小心翼翼地将惠庵说的时日告诉了松吉。松吉听后，表情没有一丝变化。

"那么，哪一个才是真的呢……"

松吉挠着下颌，冷不防地冒出一句话来。

"这是何意？"久藏故作镇定地问。

"你说的和别人说的不一样。"

"怎么会……"

一种不祥的预感袭上心头。

"要是你以为内贼只有你一个，那可就大错特错喽！"

松吉说着把酒碗端到嘴边。

"几戒院的浪人里也有一个我安插的内贼。我在牟田藩小有人脉，答应事成之后保他在那里做官。"

松吉咧嘴一笑，猛灌了一口酒。

"你呀，估计是被惠庵他们看穿啦！"

"这……"

久藏一时语塞，不知如何是好。

"他们知道你会向幕府通风报信，所以故意告诉你假情报，想要将计就计骗我们上钩。"

松吉似乎是误以为久藏也蒙在鼓里。

"别人说的日子比你说的要早十天，我看那边才是真的吧！"

说罢，松吉像是赞同自己的观点一样点起头来。

"你要是回到几戒院定会被杀！这样吧，天亮之后，你就与我一同回天府。"

"我……"

"我这可是为你好！还是说，你有什么不愿回去的理由？"

面对抬眼逼视自己的松吉，久藏沉默不语。若让松吉知道了自己背叛幕府的企图，自己一定会当场没命，成为惠庵弟子的梦想也会化为泡影。

"我们把身为机巧师的你安插在惠庵身边，其实不光是想让你做内贼。他不肯进幕府做官，我们就需要一个人来代替他，把他的技艺弘扬于世。倘若——"说到这里，松吉的瞳仁骤然增大，"倘若几戒院里的那帮家伙真的起事倒幕，幕府必定会将他们统统拘捕。在那之后，比嘉惠庵技艺的继承人就是你了。这可是天大的好事！你会被授予武士身份，拜官封爵。"

"难道……"

久藏万万没想到松吉会说出这番话。

恐怕，这原本是幕府为了收买惠庵向他提出的待遇。而现在，幕府已然放弃惠庵，而决定用同样的待遇来引诱自己。

"正是这个'难道'。回到天府以后，我就把你引荐给我家主子。"

"我可不想见什么密探头子。"

"我说的不是喜八，是更上面的主子——吹法螺贝的那个老头子！"

松吉意味深长地笑了起来，久藏却完全不解其意。

但总之，事态的发展与预想大相径庭。

松吉虽然现在有说有笑，但他毕竟是个公府密探，趁机逃回几戒院看来是不可能了。一旦试图逃跑，松吉就算再粗心也一定会怀疑到自己身上。

久藏紧咬着下唇，对在这种时候贪生怕死、委曲求全的自己唾弃不已。

须臾①七年十一月——

东西奉行所的捕快将身携倒计时点火器、图谋在天府大肆烧杀的惠庵弟子和浪人们纷纷逮捕。

由于事先从宅邸来到了皇宫，比嘉惠庵暂时躲过了拘捕。但二十余日后，幕府开始频频上奏逼迫天帝家，最终还是让皇宫把惠庵交了出来。

当然，惠庵并没有拿到征讨大将军的圣旨。他被捕当时，幕府的军队将"内廷"里里外外包围了近二十圈。就在幕府与天帝家剑拔弩张、眼看就要开战的时候，惠庵从屋中走了出来。

出人意料的是，他神情淡然，似乎已经了无牵挂，未做半点抵抗便乖乖束手就擒。

之后，与此案并无直接联系的惠庵弟子，以及常来几戒院走动的藩士和浪人也都接连被捕。几个小藩甚至直接因此惨遭改易。

---

① 此处应为作者杜撰的天帝年号。

因此案被捕的百余人在三辻原的刑场被悉数斩首。比嘉惠庵和几个主谋的头颅被示众多日，直至乌鸦和蛆虫将他们脸上的肉吃得精光，只剩下长着须发的白骨。

奉行所收到的那张检举惠庵及其同党密谋倒幕的诉状上，署着两个人的姓名。

一个是后来去牟田藩做官的那个浪人，另一个，则是幕府精炼方技师钉宫久藏。

自那日起，我的心便死了。

久藏俯视着纹丝不动的"神器"，悔恨之意漫上心头。

在天府郊外独享一座大宅，以"技师"之名拿着比精炼方长官还要多的俸禄，我就这样不知廉耻地活到了现在。

先是让机巧蟋蟀混入大斗蟋会，惩治了那个曾经同在几戒院做内贼的浪人和收留他的牟田藩，然后又利用当时身在悬砚方的密探甚内杀掉了松吉。

在后来围绕机巧天帝发生的一连串事件之中，又经过一番精心谋划，让贝太鼓役芳贺羽生守遭到改易，还被处以切腹之刑——久藏的复仇计划一直在继续。

然而，笼罩在他心头的那片阴云始终没有消散。

惠庵惨遭斩首示众后，久藏被召至了精炼方作业所，幕府命令他对从几戒院查抄来的物品和书籍进行检查。为了隐藏机巧天帝的秘密，他将画着天帝图样的那本书的书名改成了"不知其机巧巧之如何"，并将它与其他书籍混放在了一起。

查着查着，久藏发现了一件怪事。

那个名叫伊武的机巧人偶不知去了何处。

慎重起见，他特意查看了刑场的斩首者名簿，但在被捕入狱者和被斩首者的记录中都没有找到类似伊武的少女。

倘若伊武被捕，机巧人偶的秘密被发现，世间必会掀起轩然大波。毕竟，目前只有极少数人知道，机巧技艺已经发展到了能让人偶像真人一样说话走路的地步。

当上精炼方技师后，久藏也一直保守着这个秘密。但其实若非亲眼所见，就算他说出这个事实也绝对不会有人相信。

那是五月里一个温润的雨天。

久藏正独自在幕府赏赐的大宅中百无聊赖地翻阅书籍。突然，他听到有人进门，赶忙出至屋外察看。

时值正午，但天上依然飘着薄薄的阴云，门前那位女子身上的红色小袖也仿佛洇透在了这晦暗潮湿的风景之中。

斜撑的伞下露出了半张脸。

嫩红的嘴唇莞尔一笑。

是伊武。

久藏怔怔地立在原地，完全忘记了身体已经被雨水打湿。

他拖着沉重的双腿，一步步向伊武走去。

"我找您好久了，钉宫久藏大人。"

女子扬起伞，露出了她的整张脸。

那如玛瑙一般晶莹剔透的墨绿色眼瞳正凝视着久藏。

细细一看，伊武的小袖下摆已经脏污破损，脚上没有穿木屐，布袜也已被磨得破破烂烂。她一定是走了很长的路，才终于找到这里来的。

"我想求您为我检修一下全身各处。"

久藏跪倒在了满是泥泞的地面上。

他用额头磕着石板，脸贴着地，像是在吮吸泥水一样呜咽起来。

这是他在惠庵死后第一次流泪。

也是他最后一次在伊武面前流露感情。

端详着平躺在操作台上的"神器"，失去多年的感情突然再次涌上了久藏的心头。

他想要触碰那副身体。

当然，他在检修时已经把"神器"的全身各处都摸了个遍。但这一次，他不想作为机巧师，而只是单纯地作为一个男人，去触摸她沉睡中的身体。

久藏回想起了第一次在惠庵的工作间里看到尚未制作完成的伊武时的情景。

心跳在加速。

他把手伸向"神器"微微隆起的白皙胸脯,滑入了白色寝衣的襟口。

已经多少年不曾有过这种感觉了?

伊武和这个与她别无二致的"神器"都仍然是那么青春貌美,而自己却已经步入暮年。一念及此,久藏便感到分外悲凉。

久藏用整个手掌将"神器"的左乳包裹起来。

饱含弹性,又像是要化在手心里一样柔软至极……

此时此刻,支配久藏的不是情欲,而是对失去之物的深切怀恋。

对了,我曾经对伊武——

手心里像是有什么东西突然动了起来。

一时间,久藏竟分不清动的究竟是自己的脉搏,还是"神器"胸廓内侧那个模拟心脏的机巧构件。

在久藏的俯视下,"神器"那双被纤长睫毛覆盖的眼睑悄然张开。

接着,嫩红的双唇如花苞吐蕊一般轻轻绽开,白蝶贝打磨而成的洁白牙齿若隐若现。

"钉宫……久藏大人？"

久藏错觉顿生，时间仿佛一下子倒回了伊武刚刚苏醒的那个时候。

六

天守阁的大殿里设着一个铺有毛毡的阶坛，上面摆放着大大小小的各式虫罐。

这些虫罐里装的，是在预选赛中失利、无缘在大斗蟋会上出场的蟋蟀。

蟋蟀活不过冬天，寿命只有一季。因此，这些原本为参加大斗蟋会所养的蟋蟀即便最后没能出场，也会在赛事结束后被进献给大将军。

上座处摆着一张五角形的大黑檀木桌。茜草官的座席设在五角桌东西两侧的对边上，裁判官和督察官的座席位于相邻的两条边，剩下的一条边上则设有大将军的宝座。

东西两侧的座席后方还各有一个铺着毛毡的阶坛，其上的虫罐里放着即将参加大斗蟋会的蟋蟀——东、西两方各有五只，共计十只。

坐在五角桌边的人们坐立不安，佐七也在其中。

卯月藩的蟋蟀在预选赛中成功晋级，成了有幸参加大斗蟋会的十只蟋蟀之一。据佐七说，这还是他第一次当大斗蟋会的茜草官。

西侧，与佐七相对而坐的茜草官气定神闲——将军家的"鸢梅"也是即将参与终极对决的蟋蟀之一。

离桌子稍远的地方，来自各藩的数十名武士正在殷切恭候大将军的到来。

斗蟋时若不坐在桌边始终关注着斗盆之中，就无法得知详细的战况。不过，真正的内行似乎只需通过裁判官举扇的手势、角度和手臂的动作就能看出场上的蟋蟀正在如何厮斗，以及哪一方占了上风。

起初，所有人都一言不发地静静等待。但后来，大家逐渐察觉事态不对，人群开始嘈杂起来。

开赛时间已经过去了半个时辰有余。

甚内也隐隐感觉有事发生。

最明显的一个征兆，就是一直在大殿角落里监视自己的梅川喜八不见了。

既然能惊动公府密探的头子喜八，说明发生的事情非同小可，至少要比监视甚内重要得多。

大殿内侧有六扇绘着竹林和老虎的隔门。正当甚内思索之时，只见那六扇隔门的中间两扇被突然拉开。

在场的人们以为是大将军驾到，纷纷紧张起来。但片刻之后，他们脸上的神情就由紧张转为了疑惑。

用双手将左右隔门大大撑开的，是一个穿着单薄寝衣的女子。

"……在哪儿？"

这是她现身后说的第一句话。

说完，她满面愁容地四下察看，对大殿中的人群视若无物。

骇人的是，她浑身上下都沾着污渍，而且那些污渍疑似喷溅出来的血迹。

伊武，你来这里做什么——

人群中的甚内见到女子第一眼后不禁想脱口而出这句话，可话到嘴边又被他咽了回去。

不对，她不是伊武。

那么，她是——

甚内正要起身上前，却被坐在五角桌边的督察官抢了先。

"哪里来的悍妇？知不知道这是什么地方！"

他本想厉色责问女子，手却不自觉地握住了腰间的刀柄，似乎是被她那副可怖的样子吓住了。

"你是幕府的人？"

"正是，我是斗蟋督察……"

话才说到一半便化为了惨叫。

从甚内所站的位置一时还看不清发生了什么，只能看到女子正用雪白纤细的手臂抓着督察官的脸。

最后，他终于看清了女子在做什么。

她的拇指和食指深深戳进了督察官的眼睛。

在场众人纷纷起身，一片哗然。

女子将惨叫连天、挣扎不停的督察官仰面放倒，勾着他被戳烂的双眼向前走来，烂眼中涌出的鲜血在榻榻米上拖曳出一道殷红的痕迹。

五角桌边的裁判官和茜草官吓得脸色煞白，仓皇逃窜。佐七则几乎是全身贴地，手脚并用地爬到了甚内身边。

"甚内，她、她是……"

"她不是伊武。"

甚内一把抓起了佐七的后颈。

"你立刻出城返回钉宫邸，把此事告知伊武。"

"那你呢？"

"我去找久藏大人。听好了，在我把久藏大人带回去之前，万万不可轻举妄动！"

说罢，甚内提起佐七，用力将他掷向了门外。

回头再看那女子，只见她正拖着奄奄一息的督察官四处走动，似乎是在寻找什么。甚内心中甚是惊奇。

女子对弥漫在大殿里的紧张空气似乎毫不在意，这副做派倒和伊武一模一样。

摆放在大殿一角的虫罐吸引了女子的注意。她扔开督察官的身体，来到阶坛旁，将贴着封纸的虫罐一个接一个地打开。

每当蟋蟀从被掀开的虫罐里跳出，女子都会"哎呀"一声发出不合时宜的惊叫。

她就是"神代之神器"吗……

不，她是比嘉惠庵仿照真正的神器伊武制作出来的机巧人偶！

"在这里！"

甚内正在犹豫该如何行动，一声喊叫突然从某处传来。

大殿内侧的六扇隔门被统统踹倒，几名武士气势汹汹地闯进来。与此同时，十几个身穿便服的人也从大殿的其他入口蜂拥而入。

武士大概是官兵，穿便服的人想必是公府密探，甚内能够认出其中几个。

大殿里原有的人已经逃走了大半。

"神器"正在背对人群查看虫罐，手执兵刃的武士和密探们一步步向她围拢过来。

其中一人挥刀砍向了她。

"神器"毫无防备，刀刃正劈在她的肩头。

人们本以为她就要倒在血泊之中，却不料刀刃不但没有割破她的身体，反而被她的身体撞断，掉在了地上。

"神器"慢慢回过头来，表情里既无愤怒也无仇恨。

她一把抓起武士的发髻，将他倒着抛向了阶坛。

铺着毛毡的阶坛被砸裂成两半，武士的脖子也折成了直角。

摆在阶坛上的虫罐散落一地，一些尚未被掀开过的虫罐也碎裂开来或是摔掉了盖子，本要献给大将军的数十只蟋蟀在榻榻米上蹦跳着四处逃窜。

"啊啊，等等！啊……"

折断脖子的那名武士还在抽搐，"神器"慌慌张张地从他身旁跑过，去追赶逃走的蟋蟀。

这场景甚至有些可笑。

"神器"一副欲哭无泪的表情，不断用手去扣在榻榻米上跳来跳去的蟋蟀。这时，一个身穿便服的公府密探挥刀向她砍去。

谁承想，神器竟不耐烦地一把抓住刀刃，将刀夺至自己手中，胡乱挥舞起来。

"不许踩蟋蟀！不许踩！"

她发疯似的叫着，转瞬间砍翻了数名武士。

劈来的太刀对"神器"完全无用，她径直一路砍杀，就连自负武艺甚高的人们也拿她无可奈何。即使被刀砍中，她也似乎不会感到疼痛，依然若无其事地继续劈砍。砍到她骨头上的刀不是折断就是卷刃。

武士们的血沫四处飞溅，榻榻米、屋顶、倒成一堆的隔门上全都沾满了血迹。

大殿俨然化为人间地狱。

身着便服的公府密探已经不见踪影。或许是见到情况不妙，去搬救兵了。

甚内回过神时，大殿里的活人已经只剩下了他自己。

然而，此时的他却手无寸铁——进入天府城时，喜八对甚内格外"关照"，将他的浑身上下都搜了一遍。

"神器"提着刀，茫然立于大殿中央。突然，她的视线转向了甚内。

鲜血将她的面容衬托得格外白皙，在甚内看来，她甚至变得更加冶艳动人了。

"你是幕府的人？"

"……不是。"

甚内摇头道。"神器"听罢只说了声"哦"便了无兴致地走开了，继续翻动地上的尸体东寻西觅。

走廊上传来了数十人跑动的足音。

甚内犹豫片刻，决定暂且离开此地。

毕竟比起"神器"，还是找到久藏并带他回家更为要紧。甚内此刻心焦如焚，不知道久藏是否平安无事。

甚内冲出大殿，在铺着榻榻米的走廊上与一群武士和密探迎面相撞。

梅川喜八也在其中。

"甚内！怕不是你小子捣的鬼？"

"休要胡说，都给我听好！"甚内说着指了指自己的胸口，"我乃钉宫久藏弟子，机巧师田坂甚内！此刻大殿里的女子不是真人，而是机巧人偶。光凭你们手里这些钝刀，就连划破她的皮都是难上加难，更别说是砍她的骨肉了！"

在场的人听后都面面相觑。

恐怕，武士和密探中已经有不少人死在了"神器"手里。

"她的心窝处有一块皮肤做得很薄。若想让她停下来，只有将手伸进那里，按动胸骨内侧的一个机关，让她体内的发条停转，这才能暂时阻止她。"

这是以前久藏对付失控的人偶时使用的招数，甚内也只是有所耳闻。

"别听他的!"喜八一声高喊,盖过了甚内的话音,"这小子当过贝太鼓役的走狗,是公府密探的叛徒!"

听了喜八的话,一名武士挥刀向甚内砍来。

情急之下,甚内用整个身体撞向走廊一侧的门板,滚入了门内的房间。

走廊上的一半人手继续赶往大殿去对付"神器",另一半则冲入房间来取甚内的性命。

"现在不是自相残杀的时候!"

甚内怒气冲冲地大喊,却完全像是在对牛弹琴。

如今他既已被围,自知恐怕是性命难保。且不论那些武士,仅仅是那几个面熟的密探,就个个比甚内武艺高强。在敌众我寡且手无寸铁的情况下,甚内毫无胜算。

"当初我就该狠下心来把你斩草除根!"

喜八从包围甚内的人群后方走上前来。

他从身边一人的手中接过刀,一步步向甚内逼近。甚内则压低身体,窥伺着行动的时机。

"永别了,甚内!"

喜八挥刀砍向甚内。

甚内全身僵直,准备受死。然而就在这时,喜八举起的手臂却像是被什么勾住一样停在了半空。

刹那之后，喜八的半条小臂像是被拦腰切断的萝卜一样掉落在地。

喜八尚未反应过来发生了什么，紧接着，又突然抓挠起了自己的脖颈。

只见他的身体被从地面上提离了五寸左右，喉头下方变得越来越细，深红的血开始往外渗出。忽然，他的头从脖颈上滚落下来，与此同时，无头的身躯也重重地摔在了地上。

甚内也尚未弄清发生了什么，环顾四周察看情况。

一根丝线模样的东西在空中发着寒光。

伴随着划破空气的尖啸声，那丝线在空中来回穿梭数次，将甚内周围所有人的手脚接连削下，断肢在地上七零八落。

甚内仰头望去，只见为防盗而设计的高达数间的房梁上，立着一个身穿蓝色忍者服和束脚长裤的身影。

"甚内，别来无恙啊。"

房梁上的女子将钢丝末端的重锤收入掌中，像演杂技似的一个筋斗翻身跃下，最后稳稳地单膝落地。

"春日？"

是那个天帝身边的窥见……朝廷的女忍者！

甚内上次见到她时，她还是个十四五岁的少女。如今十年过去,她身上的女人味更浓了一些。娇艳朱红的嘴唇像是涂了胭脂,使她整个人显得英气逼人。

"你怎么会在这里……"

若是听了佐七报的信才来的,这速度也未免太快了些。

"是伊武让我来的。"

春日取下了脚边武士的佩刀,扔给甚内。

"我本是久违地带陛下来修缮身体的,却不料看到伊武正心焦如焚,说她有种不祥的预感。"

"伊武?"

春日点了点头。

莫非是"神器"苏醒时,与她形如孪生姐妹的伊武产生了某种感应?

"听说久藏失踪了?"

"估计就在城内,我差不多已经猜到是哪里了。"甚内把刀别进腰间说道。

"看来事情闹得不小啊……甚内,你是什么时候当上机巧师的?我觉得你不像干这行的。"

"闭嘴,现在闲话少说!"

说时迟那时快,甚内已经一个箭步冲了出去。

春日紧跟在他的身后。

出了天守阁，甚内径直奔向了最为可疑的西之丸附近。

途中，他们与几个仓皇逃窜的守城武士和刚从会场逃脱、尚自不知所措的各藩人等擦肩而过，并没有谁注意到他们两人。

甚内翻过绿竹制成的篱笆墙，加快脚步冲向前方。这附近已经看不到行人。

穿过那片光秃秃的梅林，两人来到了存放甲胄和兵器的一排仓库前。

甚内以为，久藏验看"神器"的地方必是这些仓库中的一个。他本打算从一端开始搜起，却忽然看到其中一间仓库那厚重的大门正敞开着。

甚内毫不犹豫地冲进了那扇门，仓库内摆满了他在钉宫邸已经司空见惯的工具和材料，墙壁和架子也都被这些东西占得满满当当。

一个人倒在仓库正中的操作台边。

"久藏大人！"

甚内扑到那人身边，不禁愕然失色。

久藏身穿的茶色小袖从双肩处断裂开来，两条手臂已经不翼而飞。

那副样子简直就像被粗暴的孩童玩坏了的人偶。

甚内的心顿时凉了半截，赶忙把耳朵贴到久藏的胸口上，确认他的心跳——

所幸，还有微弱的呼吸。

然而久藏出血实在太多了，从肩头断面处流出的血已经凝结在了地上。甚内抱起脸色苍白的久藏，感觉他的躯体已经冰凉。

"他死了？"一旁的春日问。

"还没……"甚内艰难地答道。

春日忧心忡忡地说："这下，机巧的制作和修缮就……"

久藏失去了他那双能缔造神迹的手。

这怎么行？久藏的灵魂全在他的手里啊！

"先带回去再说，人还有气。"

说完，甚内将久藏扛了起来。

久藏没有发出一声呻吟，不知道还有没有意识。

"是'神器'干的？"

"多半是了。"

"神器"应该是刚一苏醒就袭击了久藏。久藏被折磨至重伤濒死后，她便独自一人跑了出去。

虽说看似是在滥杀一气，但这或许正是比嘉惠庵设置在"神器"身上的某种机关。

甚内这样推测自有他的道理——惠庵死前很可能误以为是久藏背叛了自己，因此在被捕之前，他利用躲在宫中的时间对

"神器"进行了某些改造……

显而易见，"神器"身上新增的屠杀机关，就是惠庵对幕府的复仇。惠庵早已料定，将军家的势力迟早会压过天帝家，那时幕府一定会派人开掘天帝陵。

惠庵原本的企图，应该是让屠杀机关在铁龛开启的那一刻就被触发。然而不知为何，一直在铁龛中静候时机的"神器"却没能正常运转起来。

直到久藏为她检修身体时，她才苏醒过来并立即开始执行屠杀。

看眼前的状况，只能如此推测了。

"那陛下……"

比起久藏的身体，春日更为忧虑的是机巧技艺的丢失。

这倒也无可厚非。毕竟，当好机巧天帝的仆人就是她人生的意义所在。

然而事到如今，久藏就算能捡回一命，也不可能再修缮和制作机巧人偶了。甚内很能理解春日的心情，因为他也担心伊武的身体。

久藏的两条断臂被丢在了仓库的角落里，现在即便把它们带回去，想必也已经无济于事。

甚内与春日一同出至屋外，看到远方的天守阁正在冒出黑烟，好像是起火了。

"春日，烦请你把久藏大人带回宅邸。等到一个叫佐七的人回来，就让他向众弟子宣布钉宫久藏的私塾自此停办。"

"那你呢？"

"我要回天守阁去。"

"别管那边了！"

春日接过久藏的身体，劝甚内道。

虽说已经为了机巧天帝的自由离开了皇宫，但春日毕竟曾是宫里的帐内女侍，想必很不乐意看到如今的幕府压制天帝家、干涉宫内事务。因此，即使幕府高官被"神器"杀得一个不剩，她也绝不会同情半分。

没有了双臂的久藏抱起来格外轻，春日不禁面露诧异。

"'神器'长得和伊武一模一样，我不能放任不管。"

甚内虽然口上这么说，其实却还没有想好该如何处置"神器"。他只是不能容忍她落在幕府那帮人的手里，任由他们摆布。

"好。"

春日只回答了一字。尽管立场不同，但她好歹也是要为机巧人偶奉献一生的人，甚内惦念伊武和其孪生姐妹"神器"的心情，无须说明她便能领会。

看着春日怀抱久藏健步如飞地渐渐跑远，甚内转过身，奔向了天守阁。

火势很大，天守阁上层的破风板①和格窗里都已冒出了熊熊火舌和滚滚浓烟。

甚内正了正腰间的刀，向前冲去。

围墙之外热气蒸腾，烧裂的瓦片伴着火屑从楼阁上纷纷坠落。

甚内抓住了一个匆匆逃出的武士。

"那个女人在哪儿?!"

武士应该能明白他问的是谁。

"还在天守阁里……"

武士战战兢兢地说。

甚内点了点头，沿着天守台②上的石阶冲进了天守阁。

阁中之人似乎都已逃光，四下里看不到一个人影。

火像是从上层烧起来的，下层只有薄烟弥漫。火向来都是向上烧的，因此甚内还有一些时间去找"神器"。不过，一旦顶梁柱被烧坏，整个天守阁上层很可能都会坍塌。

甚内一路寻找，回到了原定为斗蟋会场的大殿。

各藩饲养的蟋蟀被仓皇逃窜的人群胡乱踩踏，有几只已经死

---

① 东亚传统建筑中的正门屋檐装饰部件，位于屋檐侧面，可防止雨水侵入屋檐。

② 天守阁的基座。

在了地上。

虫罐和养盆散落一地,此情此景与这里一刻之前的样子天差地别。

甚内已经没有耐心用手开门,直接用脚踹开了大殿和走廊上的一排排隔门,确认没人后又继续向楼阁深处奔去。

发现楼梯后,他沿着陡峭的楼梯转过两个直角,冲向了上层。

楼上的烟更浓了,但依然看不到火焰。

几个武士横尸在地,不知是否为"神器"所杀。

正当甚内寻找通往更上层的楼梯时,房梁断裂的声音从某处传了过来。

"'神器'啊,快快现身吧!"

虽然自知无用,但甚内还是急得喊出了声。

屋檐断裂,数十块瓦片滚落下来,稀里哗啦地摔碎在了天守阁外的地上。

终于找到楼梯的甚内正要向上冲时——

他看到女子白皙的双腿从楼上走了下来。

甚内急忙止步,把腰间的刀连刀带鞘一起抽出,又将碍事的刀鞘拔掉,扔在了一边。

女子的双腿一步、一步,款款走来。

上层的火势似乎很猛,楼梯口处火屑如瀑。

天守阁随时可能倾塌,情况十万火急。

然而,"神器"的步子却缓慢得叫人心焦。

当"神器"的身体露出一半时,甚内注意到她的手里提着一个怪异的东西。

辨认了一阵后,他才看出那好像是颗人头。

直到"神器"完全进入视野,甚内才认出那颗人头的主人。

是大将军的头!

难道她在斗蟋会场上现身时说的那句"在哪儿"问的是大将军的所在?可若是那样的话……

"神器"的另一只手里提着一把刀。

或许是从烈焰中穿行而来的缘故,她的头发被烧得不剩几根,身上的寝衣也破烂焦黑,不知被劈砍过多少下,那狼狈的样子惹人心碎。

几处裂开的皮肤之下,露出了闪着金属光泽的骨骼,以及骨骼下方运作不息的齿轮和发条。

她揪着大将军的发髻,像提西瓜似的晃荡着那颗人头从楼梯上走下,脸上丝毫没有取得将军首级后的紧张与兴奋。

看到甚内后,"神器"问道:"你是幕府的人?"

她的问题和方才一样。

甚内已经决心要和"神器"决一死战,于是答道:"……正是。"

被封印时,"神器"体内应该是被设下了一道指令:除了要把当年尚为幼君的将军、惠庵的弟子久藏,以及惠庵指定的个别人斩尽杀绝以外,只要遇到幕府的人,也一律格杀勿论。

"神器"忠于这道指令,逐一盘问过对方的身份之后才会动手杀人。这副顽固又稚拙的样子让甚内心头一阵酸楚。

这不就是机巧人偶的本性吗?

用刀尖对准"神器"的眼睛时,甚内突然这样想道。自从成为久藏的弟子、了解了机巧的构造,一个疑问始终困扰着甚内。

久藏说机巧人偶没有心。

无论伊武是在欢喜地笑还是悲伤地哭,都不是因为她真正感觉到了快乐和悲伤,而是因为安装在她皮肤之下的无数齿轮、弹簧、发条、钢丝和水银软管使她做出了类似笑和哭的动作。

的确,无论伊武的身体被拆得多么细碎,都找不到任何与"心"对应的部件。

可如此说来,人不是也一样吗?

为了更好地制作机巧人偶,甚内曾多次跟随久藏前往刑场观察尸体解剖。然而越是了解人体,与久藏截然不同的想法在甚内心中就越是根深蒂固。

人的身体无论被解剖得多么细碎,都和机巧人偶一样,找不到任何装有其情感和记忆的器官。

灵魂究竟从何而来,又到何处去了呢?甚内一直抱有这个疑问。

若没有遇见伊武,他根本不会去思考这种问题。

或许,正是自己的关心赋予了伊武生命。

机巧人偶只有在被关心、被爱的时候才会像真人一样活动起来,去回馈对方的感情,伊武和天帝皆是如此。生命正是蕴藏在她们那一举一动之中。

伊武被封印在天帝陵深处,带着她的意识从遥远的神代时期一直躺到了现在。这其中的孤独对于有生命之物来说是多么难熬!

她的灵魂应该就是在久藏唤她"伊武"的那一刻出现的。

而面前这个与伊武形貌无异的"神器",则是承载着惠庵对幕府的深仇大恨,长眠于地下。将她唤醒的,很可能是久藏内心的悔恨和对他自己的诅咒。

伊武之所以能成为一个朝气蓬勃的少女,恐怕是因为她被周围的人所爱。

"神器"虽然和伊武外形相同,却没有任何一个人爱她。

"可怜哪……"甚内不觉叹道。

正当他思索之间,得知甚内是幕府中人的"神器"颜色大变,向着甚内步步逼来。

若要让她彻底停下来，就必须伺机扑到她的怀里，把手伸进她的胸口，去按动那个藏在胸骨内侧的机关。

而要扑过去，就必须做好和对方同归于尽的心理准备。

那也没什么不好——甚内心想。

或许正是因为"神器"和伊武长得一样，甚内才会产生这种想法。

既然没有人愿意给予她爱，那就由我来。为了这个从孤独地狱中醒来的人偶，哪怕是殉情也未尝不可。

甚内重新握紧了刀。他打算先打掉"神器"手中的刀，然后自己也把刀扔掉，扑进她的怀里。

就在这时，上层的一部分地板坍塌了。

焦黑的房梁和橡木被火焰包裹着掉落下来。

"神器"似乎毫不在意身后的熊熊烈焰，头也不回地与甚内对峙着。

甚内上步向前冲去。

与此同时，"神器"将手中的头颅扔进火中，举起刀向甚内劈过来。

刀刃与刀刃碰撞在了一起。

双手握刀的甚内拼命抵挡着"神器"单手挥下的刀。

见甚内全力挡刀，"神器"把空着的一只手伸向了他的头。

甚内心下暗呼不妙。突然，一声踩碎干豆子般的脆响从地上传来。

"啊！"

"神器"大叫一声，扔掉了手里的刀，慌忙抬起一只脚来。

甚内看向她的脚边。

那里有一只被"神器"踩死的蟋蟀。

直觉告诉甚内，那蟋蟀便是喜八从皇宫里捉来的那只"鸢梅"。

有传言说，"鸢梅"是从天帝陵里爬出来的。如此想来，它很可能是一只和"神器"一同被封印在墓穴里的机巧蟋蟀。

"啊啊啊……"

"神器"大惊失色，发出了惨叫。

她的身体瞬间没了力气，软绵绵地倒在了甚内身上。

甚内奋力支撑起"神器"那沉重的身体。

原来是这样。

甚内恍然大悟。

"神器"之所以会来斗蟋会场，就是为了寻找这只"鸢梅"。

比嘉惠庵将"神器"放回天帝陵时，也一同将这只蟋蟀封进了墓室。甚内不知道惠庵为何要这样做，或许是想让这只蟋蟀像从神代时期被封印至今的伊武一样,作为古老机巧技艺的载体被保存下来。

然而对于"神器"来说,这只机巧蟋蟀就成了她在幽闭孤寂的天帝陵中唯一的陪伴。

"别哭。"

甚内用力抱住了蜷缩在自己怀中的"神器"。

他的肩头已然被"神器"的泪水打湿。

在"神器"那双玛瑙和玻璃制成的眼珠下方,有一对将鱼鳔用特殊技术进行软化后做成的泪腺。当控制面部动作的弹簧和发条让她的表情扭曲时,泪腺中储存的水就会被挤出。

但那又怎么样呢?

让这个少女泪如泉涌的显然不是机巧,而是悲伤的情绪。

甚内把手伸向"神器"颤抖的胸口,用手指戳进了她的心窝。"神器"没有丝毫抵抗。

按动胸骨内侧的机关后,"神器"体内的机巧停止了运转。

甚内难以支撑气力尽失的"神器",把她平放在了地上。

仔细看时,方才被她踩碎的果然是一只制作精良的机巧蟋蟀。芝麻粒大小的齿轮和弹簧迸溅在了周围的地上。

"神器"的脸颊和睫毛上挂满泪水,双眼闭合,仿佛是睡熟了。

突然,天守阁剧烈摇晃起来。

甚内急忙纵身跃向后方，只见一根一抱粗的大梁穿透上层的地板，从高处掉落下来，震得整幢建筑摇颤不止。

烈焰吞噬了"神器"和机巧蟋蟀。

"神器"身上的皮肤在高温下冒着泡开始熔化，覆盖于其下的金属骨骼和密密麻麻的机巧部件暴露无遗。

甚内很想一直站在那里凝望火中的"神器"，但最终还是迫于无奈破窗而出，从房檐上跳下，逃离了摇摇将倾的天守阁。

七

从天府的任何一个角落，都能望见熊熊燃烧的天守阁。

甚内穿过大街上看热闹的人群，径直奔向钉宫宅邸。

他还有一事未了。

"久藏大人！"

主宅里不见人影。

甚内毫不迟疑地跑向别邸。穿过两道大门，来到地下室，大家果然聚集在此。

"甚内大人！"

伊武第一个叫了起来。

就在刚刚，甚内还在与形貌酷似伊武的"神器"交战。而现在，真正的伊武又出现在了眼前,这种感觉甚是奇妙。

　　春日抱着手臂,靠墙坐在角落里。她已经换下那身蓝色的忍者服,换上了一件朴素的樱粉小袖。

　　机巧天帝正躺在地下室正中的操作台上。

　　为了能随时开始修缮,她的头和四肢已经被从胴体上卸下,分别放置在其他小台上。无数钢丝和软管从操作台间悬垂下来。

　　"这是……"

　　"钉宫大人说要我们准备好,让他能尽快开工……"

　　伊武说完看向了久藏。

　　久藏已经得到了包扎。他的肩头裹着白布,却还是有少量鲜血正在向外渗出。

　　"太慢了!"久藏闭着双眼,轻叹一口气,"不过好在……你还是在我死之前赶回来了。"

　　"久藏大人……"

　　就在这时,久藏睁开了眼睛。

　　"现在开始对机巧天帝的检查和修缮。"

　　"可是您现在……"

　　"是你来做,甚内。"久藏命令道,"我会把有关机巧构造的全部要点和秘技毫无保留地传授给你。我的时间不多了,你务必一次记牢,把听到的全都给我刻进脑袋里。"

"可我……"

甚内一时手足无措。他知道，自己掌握的知识和技艺都远远不能与久藏匹敌。

"少啰唆！你以为我就不想找个脑子比你更灵光的继承人吗？别婆婆妈妈的，动手！"

甚内看了看靠墙而坐的春日。

春日无言地点了点头。

既然如此，甚内也只得横下心来。

他从摆满工具的操作台上拿起了久藏常用的放大镜筒，将它夹入眼皮，又用颤抖的双手转动刻度盘，完成了对焦。

自那之后的事，他一概不记得了。

当然，久藏所讲的机巧天帝的构造、修缮方法，以及部件材料的特制秘法等等都已经被他深深刻入脑髓。只不过，自己究竟是怎样完成的那项近乎缔造神迹的工作，他却想不起来。那段记忆就像是飘荡在远方的雾气，缥缈而朦胧。

据伊武和春日所说，久藏和甚内当时不吃不喝、夜不合眼地整整工作了三日三夜。由于手脚拙笨、技艺不精，甚内被久藏痛斥了一次又一次，但最终还是完成了机巧天帝的修缮。

就在组装完成的天帝再次睁开双眼的那一刻，久藏安心地咽下了最后一口气，甚内则精疲力竭地当场倒了下去。

"我通过观察伊武的身体，无师自通地学会了比嘉惠庵的技艺。你也可以从伊武身上去学……"

这是久藏在弥留之际对甚内说的话。

"看着伊武永葆青春的样子，再想到正在老去的自己，我总感觉心里空落落的。"甚内对春日说。

他们此刻正面朝庭院，并肩坐在钉宫宅邸的廊沿上。

"你呢？"

"我？"

春日睁圆了双眼看向甚内，托着下巴认真思考起来。

"唔……我倒觉得，与陛下不得不永葆青春的痛苦相比，还是我们现在这样更好些……"

春日的回答让甚内有些诧异。

"我确实比不上你啊……"

与始终困惑迷惘的甚内不同，春日在这方面想得非常透彻。

久藏年轻的时候，也一定对伊武抱有过特别的情愫。

最近甚内开始觉得，久藏之所以一味强调机巧人偶没有感情、没有心，或许是想要以此来麻痹自己。然而，正如无法判断机巧人偶是否有心一样，人同样也猜不透其他人的内心。

然而春日就没有自己和久藏的那种烦恼。这与男女之别或许并没有关系,是她与机巧人偶之间的主从关系使得她与其他人的想法截然不同。

至少,甚内自己从未想过把个人的烦恼向机巧人偶倾诉。

这日,甚内、天帝和春日一同陪伴伊武来到中洲观音寺做百度参拜。

一行四人穿过梵天门,来到了广场上。巨大帐布搭起的戏棚依然如故。春日和天帝已有十年未曾来过天府了。她们这次来本是为了观看戏棚表演,并顺道拜访钉宫宅邸。

关于大将军被杀一事,幕府对外宣称他是在火灾中被烧死的。

虽说这次事件引发了几场小骚动,但局势并没有想象中的那样混乱,新的将军也已经奉旨即位。

曾经从天府的各个角落都能望见的天府城天守阁,现在当然已经看不到了,而且幕府似乎也并没有重建它的打算。

与比嘉惠庵密谋倒幕时不同,如今幕府的势力已经稳如磐石,不会再因为更换将军这点小事而动荡不宁,即便没有了天守阁也不必为战乱担忧。甚内不知道这究竟是不是一件好事。

曾经年纪相仿的春日和天帝手拉着手走在甚内前方。

现在的春日看上去已经像是一个照顾妹妹的大姐姐了。估计下一次见面时,她们看起来就会像是一对母女。再之后,她们或许会看似一对祖孙……然而对于春日和天帝来说,这无疑是她们真心希望的结局。

春日说等天帝的身体再需要修缮时还会再来,其后两人便就此与甚内告别。而甚内则还像往常一样,等待着伊武完成百度参拜。

伊武每次往返于观音殿和百度石之间时,拨动百度石"算盘"的已经不再是伊武自己,而是由甚内代劳。

但愿有朝一日能变成真人——伊武一如既往地祈求着。

甚内心想,要是我能用自己的双手帮她实现这个愿望就好了。

移动"算盘"上的神签时,甚内也在默默祈求那一天早日到来。

"我们走吧。"

完成了第一百次参拜后,伊武对甚内说。

久藏当初是怎么想的呢?他把年轻时对伊武的那份情愫安放在了何处?他的心中已经毫无执念了吗?

回到钉宫邸后,甚内与伊武一同来到了别邸的地下室。

操作台边,两人四目相对。

伊武莞尔一笑,歪着头说:"您不用紧张,让您研究我的身体,也是钉宫大人的遗愿。"

甚内点了点头，把手伸向伊武的襟口，准备为她脱去衣服。

"您的手在抖呢。"

伊武戏谑地笑了起来。

"伊武，其实我对你……"

甚内难以按捺内心的冲动，真实的想法就要脱口而出。

这时，伊武打断了甚内的话。

"将来您把手艺练熟了，就能帮我做天德大人的身体了。"

甚内的手停止了颤抖。

紧接着，他忍不住笑出了声。

"好啊！我现在终于知道久藏大人为何迟迟不做天德的身体了。"

同时，他也知道了久藏一直深埋在心底的秘密。

"为何？"

伊武歪着头，满脸不解。

"他这是嫉妒啊，嫉妒那个凳子。"

"那不是凳子！那是……"

伊武气得涨红了脸。

解　说

大森望

　　机器人小说与历史小说，这两样看似水与油、雪与墨，完全不相容的东西，在这本《机巧伊武》中被以一种史无前例的笔法结合成了一个极具独创性的故事。本书可以说是一种"快餐式的古典文学"，在古今所有的历史科幻中，都是首屈一指的佳作。如果你是不常看科幻的历史小说爱好者，或者是对历史小说毫无兴趣的科幻迷，我都建议你先试读一下本书的前十页。我保证，你一定会收获一种前所未有、畅快淋漓的阅读体验。

　　为了满足好奇心强的读者，我在这里简单介绍一下本书的剧情。全书共由五章组成。故事发生的舞台"天府"是一个类似江户但又不是江户的大都会，也是幕府的所在地。贯穿五个故事的核心人物，是担任"幕府精炼方技师"的天才机巧师（相当于机

机巧伊武

械专家)钉宫久藏,以及住在其宅邸之中的清纯美少女(其实是有着少女外貌的精巧机器人)伊武。书名"机巧伊武"指的就是这位少女机器人。"Android"一词是在维里耶①创作的古典科幻《未来的夏娃》(1886)一书中首次出现的,"伊武"的名字便取自这部小说②。

　　第一章《机巧伊武》是刊登在杂志《小说新潮》2012年11月刊科幻特集中的一个短篇小说。主人公名叫江川仁左卫门,是一名牛山藩的武士。他作为藩的代表去参加斗蟋会,结果输掉了比赛。因为对战胜己方的那只异常强大的蟋蟀表示怀疑,他当场做出了一个轻率的举动……

　　开头的情节就非常有趣,可以把读者一下子吸引到故事中来。所谓斗蟋,就是蟋蟀版的斗犬和斗鸡。根据参考文献《斗蟋:中国的蟋蟀文化》(濑川千秋的"三得利学艺赏"获奖作)中的记载,中国的斗蟋从唐代起(大约1200年前)就广为流行,并与斗犬和斗鸡一样,被当作赌博的手段。想必有读者还记得电影《末代皇帝》里出现的那个造型奇特而精美的蟋蟀罐。在中国,饲养"斗蟋战士"用的养盆、为蟋蟀称重用的吊笼、赛前刺激蟋蟀用的茜草等等,都已经成为代表一大文化的传统工艺品。

------

① 维里耶·德·利尔·亚当(1838-1889),法国作家。
② 在日语中,"伊武"与"夏娃"谐音。

在这篇小说中，斗蟋是武士们钟爱的娱乐项目。天府城每年都会召开一次大斗蟋会，并由幕府派出督察官监督比赛。各藩会挑选出当年战力最强的蟋蟀，让它们在大斗蟋会上为了己藩的荣誉而战。光是"幕府主办斗蟋会"的点子就已经足够有趣，更何况还与机械扯上了关系！此外，故事还利用科幻作品才能做到的设定，制造了一个本格推理小说中经常出现的大反转。即使单独拿出来看，《机巧伊武》也是一篇无比精彩的短篇小说。为此，它被收入了日本推理作家协会汇编的《The Best Mysteries 2013 推理小说年鉴》、本格推理作家俱乐部汇编的《最佳本格推理 2013》，以及大森望和日下三藏汇编的《年刊 SF 杰作选：极光星群》这三本年度佳作选。无论作为推理还是科幻，这篇小说都无疑是那一年度最具代表性的杰作之一。

表题作《机巧伊武》发表后，同系列的四个后续短篇也陆续发表在了 2013 年至翌年的《小说新潮》杂志上。经过一番扩写与修改，三十二开的单行本《机巧伊武》终于在 2014 年 8 月由新潮社正式出版。

故事发生的时代大约是江户末期（18 世纪末），但正如前文所述，本书中并不存在"江户"的概念。与江户城相对应的城叫"天府城"，与江户地区相对应的地区名叫"天府"。故事主要围绕两大对立的阵营展开——一方是雄踞天府、实行幕藩体制的

机巧伊武

将军家，一方是向来由女性世袭帝位的天帝家。如果用更科幻的说法来描述，那就是"这个故事发生在平行世界中的另一个日本"（实际国名其实也不是日本，关于这一点的讨论详见后文）。

在欧美国家，进入 21 世纪后，描绘"复古未来"的蒸汽朋克小说在大众间广受欢迎。这类小说表现的是一个以蒸汽机为基础的技术高度发达的世界。然而，本书却不同于那些（不考证时代背景的）蒸汽朋克作品，它里面并没有过于天马行空的幻想，出现在其中的机巧（机械）、舍密（化学）和电气技术，都与江户时代末期真实的技术一脉相承。在那个时代，日本著名的科学家有成功复原了静电发生器的平贺源内[1]、人称"机巧仪右卫门"的田中久重[2] 等。小说的主人公之一钉宫久藏，则是以土佐藩出身的天文学家、机巧师细川赖直[3] 为原型塑造的。赖直编著的《机巧图汇》堪称日本最早的机械工程学书籍，其中包括和式时钟、端茶童子等机械装置的详细图解。

那么，以 21 世纪的现代科技都无法做出的东西（与真人分毫不差的精巧机器人），为什么会存在于那个时代呢？伊武这个

---

[1] 平贺源内（1728—1780），江户时期发明家。

[2] 田中久重（1799—1881），江户时期发明家，幼名仪右卫门。其创立的田中制造所是后来东芝集团的前身。

[3] 细川赖直（？—1796），江户时期发明家，天文学家。通称半藏，有"机巧半藏"的绰号。

"超科技"（远超出当时科学水平的技术）产物的秘密，与天帝家代代相传的"神代之神器"密切相关。

下面我简要概括一下本书的五个章节分别讲了什么故事。如前文所述，第一章《机巧伊武》的主人公是牛山藩的武士江川仁左卫门。斗蟋会结束后，他经人介绍来到传说中的钉宫久藏家，用藩主赏赐的名贵养盆与久藏做交易，求他为自己做一个与十三阁（大型青楼）的游女羽鸟一模一样的机巧人偶……最后，畸形的爱恋带来了意料之外的结局。

第二章《匣中赫拉克勒斯》的主人公是在伊武常去的澡堂里打工的年轻人天德鲸右卫门。体格健壮的天德立志成为一名优秀的相扑力士，却因为一场飞来横祸与钉宫久藏产生了交集。

第三章《神代忒修斯》中，公府密探田坂甚内在暗查流入钉宫久藏手中的可疑资金时，发现了关乎天帝家根基的重大秘密。"忒修斯"是希腊神话中的英雄，同时也是雅典国王。他战胜米诺陶诺斯的故事广为人知。

在第四章《逍遥杰佩托》中，故事的舞台转移到了京城。前半部分的主人公是在宫中侍奉天帝的少女春日。从这里开始，传奇小说式的惊悚离奇与菲利普·迪克式的机器人科幻进一步交融，把读者带入一个前所未有的新世界。"杰佩托"是卡洛·科洛迪编著的《木偶奇遇记》中木偶匹诺曹的制作者的名字。

最终章《终天普赛克》中，"何为机器之魂（普赛克）"的问题被明确点出，很好地契合了自《木偶奇遇记》以来，现代机器人小说讨论的母题。能把历史背景与科幻元素结合得如此完美的小说，在日本堪称绝无仅有。

将科幻与历史相结合的小说并不罕见，比如半村良就写过以《产灵山秘录》《妖星传》为代表的一系列历史科幻。然而，历史科幻大多都会写到时间穿越。半村良的《战国自卫队》《阿米平吉时穴道行》、小松左京的《时空道中膝栗毛》、光濑龙的《夕照作战》《宽永无明剑》《征东都督府》、石川英辅的《大江户神仙传》以及最近山本巧次的《大江户科学搜查：八丁堀的阿优》系列，都写的是现代人穿越回过去的事。而像本书这样以技术为核心展开的历史科幻，只有伊藤计划与圆城塔合著的《尸者的帝国》、小野不由美《十二国记》系列中的短篇《丕绪之鸟》等为数不多的几篇。

《机巧伊武》不仅做到了这种不寻常的结合，还兼具本格推理式的情节设置、忍法帖①（或押井守导演的电影《攻壳机动队2：无罪》）式的格斗场面、传奇小说式的风格基调，甚至还加入了十三阁、澡堂等官能性的元素。作为一部娱乐性质的小说，本书充分照顾到了读者们方方面面的需求，它不仅是乾绿郎创意的集

---

① 指日本作家山田风太郎创作的"忍法帖"系列历史小说。

大成之作，更是一部值得被长久推崇的名作。

　　鉴于这是新潮文库首次出版乾绿郎的作品，我或许有必要在此简单介绍一下作者的创作经历。乾绿郎，1971 年生于东京都目黑区。"绿郎"这个笔名取自手冢治虫的《狼人传说》等诸多漫画中登场的主人公间久部绿郎（洛克）。在从事针灸师工作的同时，乾绿郎还以编剧的身份活跃于戏剧界，而对于戏剧领域，他更是在学生时代就已有涉足。2008 年，他的作品 SOLITUDE 入围了第十四届"编剧协会新人戏曲赏"的最终评审。2010 年，乾绿郎正式以小说家的身份出道。迄今为止，他发表过的作品有：

　　《忍者外传》2010 年 11 月　朝日新闻出版 → 2013 年 10 月　朝日文库

　　《长颈龙的完美一天》2011 年 1 月　宝岛社 → 2012 年 1 月　宝岛社文库

　　《忍者秘传》2011 年 10 月　朝日新闻出版 →《塞之巫女　甲州忍者秘传》2014 年 10 月　朝日文库

　　《海鸟入眠的旅店》2012 年 9 月　宝岛社 → 2013 年 9 月　宝岛社文库

　　《鹰野针灸院事件簿》2014 年 5 月　宝岛社文库

　　《机巧伊武》2014 年 8 月　新潮社 → 2017 年 9 月　新潮文库

　　《回忆未满》2015 年 4 月　集英社 → 2017 年 7 月　集英社文库

《鹰野针灸院事件簿：针破谜、灸点心》2016 年 6 月 宝岛社
文库

《莱比锡之犬》2017 年 5 月 祥传社

　　乾绿郎的首部长篇《忍者外传》是第二届"朝日时代小说大
赏"的参赛作品（投稿时的标题是《忍法烟之末》），在三位评委
（儿玉清、绳田一男、山本一力）全体一致的意见下斩获大赏。这
部作品与山田风太郎的"忍法帖"系列小说风格类似，在果心居
士①、百地三太夫②等人物纷纷登场的传奇历史舞台上，引入了
"妖术改变现实"这一独具乾绿郎个人特色的主题。《忍者外传》
是新人乾绿郎的成名作，同年 11 月出版后不久就被增印数次。
翌年出版的忍者小说第二弹《忍者秘传》（朝日文库版更名为《塞
之巫女：甲州忍者秘传》）在专业人士投票中被评选为当年"十佳
历史·时代小说"第五名。小说的主人公是一个身经百战的流
浪巫女（女忍者）小梅。故事发生在战国时代的甲州，武田信玄③
为一统天下求来了一尊名叫"御左口神"的祸神，宏大的叙事便
是围绕着这尊祸神展开的。忍者小说第三弹《鬼与新月》讲述的

---

① 生卒年不详，室町时期幻术师，历史上是否确有其人尚有争议。
② 在江户时期的小说中登场的忍者，为虚构人物。
③ 武田信玄（1521-1573），日本战国时期著名政治家、军事家。

是在山中鹿之介^① 协助尼子家再兴之前,一伙使用奇怪忍术的钵屋贺麻党人^② 突然出现的故事。

看了这番介绍,你可能会觉得乾绿郎是一位专写忍者历史小说的作家。但其实,在荣获朝日时代小说大赏两个月后的 2010 年 10 月,他以近未来(很接近现代)日本为背景的科幻悬疑小说《长颈龙的完美一天》获得了第九届"这本推理很不错!"大赏。这部小说也是在四名评委(茶木则雄、香山二三郎、吉野仁、大森望)全体一致的意见下斩获的大赏,奖金是一千二百万日元。加上"朝日时代小说大赏"的二百万日元奖金,乾绿郎在一年中共获得了一千四百万日元奖金!乾绿郎的出道可谓风光无限,如果小说界也有新人王(最佳新人)评选,这个头衔非他莫属。

《长颈龙的完美一天》以一种能进入昏迷者梦境并与之交流的"SC 接口"技术为核心,讲述了女漫画家和其弟弟之间的故事,主题是"庄周梦蝶"。把它类比为被今敏拍成电影的筒井康隆小说《红辣椒》,或是好莱坞电影《盗梦空间》或许更好理解。但据乾绿郎自己介绍,这部小说的灵感来自菲利普·迪克的长篇科幻小说《尤比克》。小说中还写到了一个能通过某装置与死者对话的陵园,这种"被控制的(人造的)现实"其实是迪克作品中常见

---

① 山中幸盛(1545-1578),通称鹿之介,日本战国时期武将。

② 住在城下町钵屋中以表演歌舞艺能为业的贱民群体,据说是以此来掩盖他们的忍者身份。

的主题之一。《忍者外传》中也出现了用妖术控制现实的情节，或许"被控制的现实"也是乾绿郎作品的一大主题。此外，《银翼杀手》的原著小说《仿生人会梦见电子羊吗？》中体现的，贯穿迪克作品的另一个主题"人与机器的区别何在"，也被沿用到了《机巧伊武》中。

《长颈龙的完美一天》成功入围了第43届"星云赏"日本国内长篇部门候选作品名单，并于2013年由黑泽清导演拍摄为电影，主演是绫濑遥和佐藤健。另外，它还被改编成了漫画。继这部小说之后，乾绿郎的第二弹现代小说《海鸟入眠的旅店》则是以"记忆"为主题，讲述幻想与现实交错存在（科幻元素较少）的长篇悬疑小说。

由宝岛社文库直接出版为文库本的《鹰野针灸院事件簿》，是乾绿郎运用多年的针灸师经验创作出的一系列短篇小说。小说中的院长鹰野相当于福尔摩斯，而身为新针灸师的"我"——五月女真奈则相当于华生。小说描写了真奈从职业学校毕业后，初来针灸院工作时遭遇的种种事件。这本书后来还出了第二卷《鹰野针灸院事件簿：针破谜、灸点心》。

《回忆未满》的故事发生在一个大型住宅区（原型可能是东京都多摩新城的一部分），全书由七个相互关联、娓娓道来的短篇组成，风格怀旧温馨，还略带奇幻元素。七个故事分别复原了有关采集昆虫、挖掘时间胶囊、塘边垂钓、摔跤比赛转播等七段不同的回忆。

《莱比锡之犬》是一部有关戏剧的推理小说，主人公是一位青年编剧，原型就是曾经活跃于戏剧界的作者本人。故事的时间线在现在与过去之间来回穿梭，讲述了生于东德的世界著名编剧（原型是海纳·米勒）的身世之谜。

以上就是乾绿郎目前已经出版成册的全部作品。自 2016 年起，乾绿郎的长篇小说《杉山检校》开始在《小说新潮》上连载。标题人物杉山检校是针灸界尽人皆知的"针圣"——出生于伊势国安浓津的杉山和一。小说以伊贺出身的武术家柘植定十郎的视角，讲述了杉山和一的传奇人生，揭露了一段不为人知的隐秘历史。

2017 年，乾绿郎开始在 yom yom 杂志上连载新长篇《机巧伊武 2 Mundus Novus》。副标题中的"Mundus Novus"在拉丁语中是"新世界"的意思。这部续作的时间线设定在本书故事发生百余年后的 1892 年，舞台是即将在翌年召开世博会的新世界都市——哥达姆（原型可能是芝加哥）。世博会中的日下国馆（故事中与日本对应的国家叫"日下国"，日本人则叫"日下人"）被建成了十三阁的样子。作为整场世博会的一大看点，停转的机巧人偶"伊武"将会被展示在该场馆的顶层。然而这时，大都市阿

格罗的一名私人侦探——日下人日向丈一郎却从自己曾经任职
的大型调查局"新潮侦探社"接到了暗中盗取伊武的委托……

　　就这样,伊武在新世界中的新故事即将展开。本书中留下的
有关伊武的谜团是否会被解开? 对于这部新作的完结,我翘首
以盼。

(2017 年 7 月)